일제강점기 아이들 ❷

말 지도를
전하는 아이

글 이하은 ㅣ 그림 권세혁

책고래

차례

왕의 후손

홱애액 홱애액.

경성으로 가는 기차가 기적을 울리며 달려왔다.

호문은 재빨리 철로 옆 좁은 길로 비켜섰다. 쇠바퀴가 돌아가는 굉음과 세찬 바람에 몸이 철로로 빨려 들어갈 것 같았다. 얼굴을 돌리고 숨을 참는 사이 기차는 저 멀리 사라졌다.

'휴우, 집 안에 할 일이 천지인줄 알면서도 학교에서 그대로 내뺐으니….'

이미 엎질러진 물이었다.

호문은 다시 달렸다. 집 앞 타작마당을 지나면서 가쁜 숨을 몰아쉬었다. 까치걸음으로 대문을 들어서는데, 그만 큰아버지의 서슬 퍼런 불호령이 떨어졌다.

"어디를 싸돌아다니다 인자 나타나노? 철딱서니 없이."

큰아버지 손에는 소여물바가지가 들려 있다.

호문은 얼굴이 벌겋게 달아오른 채 장승처럼 서 있었다. 그때 마루 밑에서 웅크리고 있던 장군이 꼬리를 흔들며 안겨들었다. 호문은 삽살개의 큰 덩치와 푸근한 털에 얼굴을 묻고 큰아버지의 눈총을 피했다.

때맞춰 할아버지도 마른기침을 하며 사랑방 문을 열고 나왔다. 호문이 돌아오기를 내내 기다린 듯했다.

"한소리 들었재? 니 어데 갔더노?"

"북정에 갔습니더."

호문은 아궁이 앞으로 달려가 솔가리를 넣고 불을 지폈다.

"그리 멀리? 거기는 말라꼬?"

할아버지는 호문의 곁에 바싹 다가앉아 이야기를 기다렸다.

오늘 아침 학교 가는 길에 갑수가 자기 아버지는 돈을 많이 벌게 되었다고 자랑을 했다.

"호문아, 내도 내년에 중학교에 갈 수 있게 됐다."

"참말로 잘됐다. 나만 학교 가는 게 마음에 걸렸는데, 그래 무슨 일이고?"

"비밀이다. 물어보면 안 된다."
갑수는 앞니가 다 보이도록 벙실거리기만 했다.
"우리 아버지는 무사히 돌아오기만 해도 좋겠다."

호문이 강제동원령[1]으로 보국대[2]에 끌려간 아버지를 생각하고 시무룩해졌다. 그제야 갑수는 호문이더러 코에 침을 세 번 바르고 맹세를 하게 하고는 살짝 귀띔해 주었다.

　"일본 놈들이 북정 고분을 발굴하는데 우리 아버지가 거기서 일을 한다더라."

　"고분을? 우리나라 꺼를 즈그가 왜?"

　호문은 눈을 희번덕대며 불퉁거렸다.

　"니, 그런 말하면 잡혀간데이."

　갑수는 화들짝 놀라 호문의 입을 손으로 틀어막았다.

　하지만 호문의 호기심을 막을 수는 없었다.

　"우리, 거기 구경 가보자."

　다행히 토요일이라 수업이 일찍 끝났다. 누가 먼저랄 것도 없이 두 사람은 마음이 맞아서 북정까지 갔다 오는 길이었다.

　호문은 북정에서 본 것을 미주알고주알 늘어놓았다.

　"뭐시라꼬? 고분을 파더라꼬?"

　할아버지 두 눈에 노여움이 가득찼다.

　"그게 도적질아니가? 벌건 대낮에?"

　"맞지예? 아무리 생각해도 너무하지예?"

호문이도 예삿일이 아니라는 걸 직감했다.

"참말로 그런 해괴한 짓을 하더나? 아무도 안 말리더나?"

할아버지는 잘못 듣기라도 했는가 싶어 연거푸 물었다. 하긴 일본인이 하는 일에 섣불리 끼어들었다가는 매를 맞고 끌려가기 일쑤였다.

"예. 제 눈으로 똑똑히 봤습니더. 일본 놈들이 감독을 하고 조선 일꾼들이 삽으로 파고 있었습니더."

"우째 이런 일이? 일본 도굴꾼들이 설친다는 소문은 들었지만…, 그 고분은 동산만큼 커서 작은 오봉산이라고 불렀는데, 무덤인줄 우찌 알았을꼬?"

할아버지는 하늘이 무너져내리기라도 한 것처럼 한탄했다.

"고분 위에 있는 소나무들을 다 베어내고, 무덤을 파기 전에 북어대가리하고 막걸리로 위령제를 지냈답니더."

호문은 주워들은 이야기를 속닥거렸다.

"원통하다. 조상들의 잠을 깨웠으니…."

담뱃대를 든 할아버지의 손이 부들부들 떨렸다.

'우리 조상들 묘는 뒷산에 있는데?'

호문은 차마 대꾸는 못하고 할아버지를 의아스럽게 쳐다보았다.

할아버지는 밤새 잠을 이루지 못했다. 입에 물었던 담뱃대를 재떨이에 탕탕 내리치고 다시 담배를 재워서 불을 붙였다. 한숨을 푹푹 내쉬더니 두 눈으로 직접 봐야겠다며 별렀다. 호문은 촉새처럼 날랜 자신의 입을 쥐어박았다.

이틀 뒤 호문은 무거운 마음으로 학교에 갔다. 호문을 보자마자 갑수가 묻기도 전에 수선을 피웠다.

"그 무덤에서 금동관이 나왔다카더라. 그건 왕이 쓰는 긴데, 금귀고리, 팔찌, 큰 칼 같은 귀한 보물도 억수로 나왔다카더라."

"그럼 왕의 무덤이가?"

"왕처럼 높은 사람일끼라 카더라. 주인과 부인이 함께 합장되었는데 순장을 한 것 같은 유해도 세 구나 나왔다더라."

갑수는 마치 그 유물들이 자신의 것이라도 되는 양 자랑을 했다.

"순장이 뭐꼬?"

"왕이 죽으면 시중들어 줄 사람을 같이 묻는 기라더라."

호문은 집에 와서 들은 이야기를 풀어놓았다. 왠지 할아버지가 꼭 알아야 할 것 같았다.

"거기는 우리 왕이 계시는 곳이니 금관이 나왔재."

할아버지는 당연하다는 듯 놀라지도 않았다.

"우리 왕이라고요?"

"당연히 윗대로 올라가면 다 우리 조상들이재. 옛날에 우리는 저 황산강 건너 마을에서부터 그분들을 받들어 왔재."

"그분들을 압니꺼? 우리 조상이라고요?"

호문은 할아버지와 눈을 맞추며 물었다. 알쏭달쏭한 이야기 속에 뭔가 비밀이 묻혀 있는 것 같고, 왕족 집안이라니 은근히 기분이 좋았다.

호문이 이야기를 좋아하는 것은 할아버지 때문이었다. 할아버지는 마을에 전해오는 전설과 조상들이 살아온 이야기들을 들려주었는데, 신기하고 괴이한 이야기들이 대부분이었다. 호문은 밤마다 그런 이야기를 들으며 꿈속으로 들어가곤 했다.

왕, 조상, 금관…. 호문은 고분 발굴에 대해 생각하면 가슴이 두근거리는 것이 무언가 큰일이 일어날 것만 같았다.

이런 법은 없소

이른 아침부터 할아버지는 외출할 채비를 했다.

긴 턱수염을 정성껏 다듬고 머리에 갓을 썼다. 쪽물 들인 바지저고리에 재색 두루마기까지 입고 하얀 고무신을 신었다.

안채에서 큰아버지가 언짢아하는 큰소리가 났다. 할머니는 무슨 불벼락을 맞으려고 일본인들이 하는 일에 간섭을 하느냐며 중문까지 따라 나와서 말렸다.

할아버지는 아랑곳하지 않고 총총히 대문을 나섰다.

"앞장서거라. 천인공노할 만행을 해도 아무도 나서는 사람이 없으니."

호문은 그 기세에 눌려서 따라나섰고 학교를 지나쳐 곧장 걸었다. 늦가을 들길은 쌀쌀했지만 햇살이 비쳐들어 딱 걷기 좋았다.

할아버지는 여든이 넘은 노인답지 않게 가볍게 걸었다.

두루마기 자락을 휘날리며 가끔 손수건을 소맷자락에서 꺼내 땀을 닦았다. 목이 타고 힘이 들 때도 아무런 내색을 하지 않았다.

홰애액 기차가 달려왔다.

호문은 기찻길 옆으로 비껴서며 할아버지를 돌아보았다.

물금에 나갈 때 산길을 넘어가면 두 시간이 넘게 걸리지만 베랑길을 지나가면 반 시간이면 갈 수 있다. 그래서 마을 사람들은 위험해도 이 길로 지나다녔다.

절벽에 붙은 베랑길에는 기찻길이 있고 그 옆에 난 길은 사람 하나가 겨우 지나갈 만큼 좁았다. 낭떠러지 아래로 푸른 강물이 출렁거려 눈앞이 아찔했다. 가끔 기찻길에서 사고가 났지만 강에 떨어져 죽은 사람도 있었다.

오늘따라 기차가 자주 왔다. 부산역으로 가는 기차 안에는 사람들이 꽉꽉 들어차 있다.

할아버지와 호문은 쉬지 않고 걸었다.

나루터에는 김해 쪽에서 강을 건너온 나룻배가 사람들을 잔뜩 부려놓았다. 금빛 단추가 달린 검정색 교복을 입은 학생들이 바삐 학교로 갔다.

읍내에 들어서자 햇살 좋은 곳에 일본인들 집이 즐비했다.

호문은 목조주택 중 한 집을 기웃거리며 들여다보았다.

호문은 얼마 전에야 누나의 비밀을 알게 되었다. 누나가 부산에 있는 방직공장에 취직했다고 했는데 실은 일본인 집에서 식모살이를 하고 있었다. 더욱이 그 집은 악질로 소문난 타다요시의 집이었다.

누나는 읍내 교회에 갔다가 그 집 안주인을 알게 되었다. 처음에는 망설였지만 가난한 집안 살림을 돕고 호문을 공부시키기 위해서 어렵사리 결정을 했다.

앞서 걷는 할아버지의 뒷모습을 보며 호문은 슬며시 뒤처졌다. 얼굴만이라도 보고 가려고 초인종을 누르자 누나가 달려 나왔다.

"할아버지하고 북정에 간다."

호문이 열에 들뜬 얼굴로 말했다.

"거기는 와? 무슨 일로?"

뜬금없는 두 사람의 나들이에 놀란 누나가 물었다.

호문은 대답 대신 앞서가는 할아버지의 뒷모습을 가리켰다.

"잠깐만 기다려봐라."

집 안으로 달려 들어간 누나가 보자기에 뭔가를 싸 와서

건네주었다. 그러고는 할아버지가 걸어간 쪽을
흘긋 보고 얼른 가라고 손짓했다.

호문이 달려갔을 때 할아버지는 동네 우물에
서 두레박으로 물을 길어 마시고 있었다. 호문은
누나가 준 보자기를 풀었다. 한 뼘 길이만한 가
래떡이 네 개 들어 있었다. 가래떡을 떼어 할아
버지와 나누어 먹었다.

"이 귀한 것이 웬 것인고?"

"조금 전에 동무를 만났는데 맛보라고 줬습니
더."

호문이 대강 둘러댔다. 다행히 할아버지는 더
이상 묻지 않았다. 아침도 제대로 못 먹고 한
시간은 족히 걸은 탓에 시장했다. 가래떡은 겉
이 말라서 꼬들꼬들했지만 속은 찰지고 부드러
웠다. 일본인들은 가래떡을 구워서 조청에 찍어
먹는 걸 좋아했다. 끼니도 제대로 잇지 못하는
조선인들은 꿈도 꿀 수 없는 일이었다.

호문과 할아버지는 시원한 우물물과 가래떡을 먹고 힘을 얻었다.

한참을 더 걸어서 향교마을에 닿았다. 그 동네 샘터에서 물을 마시며 땀을 닦고 한 번 더 쉬었다.

산성 아래에 크고 작은 여러 개의 무덤이 산비탈을 따라 줄지어 있다. 그 가운데 있는 커다란 무덤에서 일꾼들이 작업을 하고 있었다. 누런 바지저고리를 입은 조선인들이 바지를 둥둥 걷고 부지런히 삽질을 했다. 일본인들은 무릎까지 오는 긴 부츠를 신고 거만하게 서서 지시를 하거나 무덤에서 떼어낸 석상 앞에서 사진을 찍기도 했다.

할아버지는 고분에 도착하자 침착하게 책임자를 찾았다. 하지만 일본인들은 할아버지를 거들떠보지도 않았다. 할아버지는 참을성 있게 기다렸다. 그리고 마침내 그들을 마주하게 되자 정중하게 항의했다.

"여기는 우리 조상들의 묘입니다. 발굴을 중지하시오."

"뭐야? 조선총독부가 하는 유적 발굴을 방해하면 어떻게 되는지 아나?"

그들은 이야기를 더 들어볼 생각도 하지 않고 다짜고짜 할아버지를 밀쳐냈다.

"이런 법은 없소. 후손이 이렇게 눈 뜨고 시퍼렇게 살아 있는데, 왜 우리 조상 무덤을 파헤치고 유물을 가져간단 말인고? 인간의 탈을 쓰고 이럴 수는 없는 일이요."

수염이 성성한 할아버지가 산신령처럼 호통을 쳤다. 피를 토할 것 같은 그 소리는 쩌렁쩌렁 울렸다. 원통함 때문인지 눈에서 눈물이 줄줄 흘렀다.

"이 늙은이가 뭐라는 거야? 돈독이 오른 모양인데, 허튼수작하지 마!"

일본인들은 저희들끼리 큰 소리로 웃으며 떠들었다. 일하던 갑수 아버지와 조선인들은 몸을 돌리고 모르는 체했다. 행여나 불똥이 튈까 해서였다.

"하늘이 가만 안 있을 끼다. 왜, 왕의 잠을 깨우나 말이다. 내 눈에 흙이 들어가기 전에는 우리 조상의 무덤을 못 판다."

할아버지는 삽과 곡괭이를 막으려고 지팡이를 휘둘렀다.

"이 노인네가 죽고 싶나, 끌어내!"

일본 순사들이 끌어내자 할아버지는 힘없이 무덤 비탈에 나뒹굴었다.

호문이 달려가 할아버지를 붙들었다.

"우리 할아버지한테 왜 이럽니꺼?"

호문이 울면서 달려들었다.

"뭐? 이 새끼가?"

일본 순사가 장화 신은 발을 들어 호문을 걷어찼다. 그제야 조선 일꾼들이 몰려와 말렸다.

"한 번만 봐 주이소, 노인네라 뭘 몰라서 그렇습니더."

갑수 아버지가 막아서며 사정했다.

"어르신, 이러시면 안 됩니더."

짐짓 야단을 치는 척하며 할아버지를 부축했다.

호문은 심장이 터질 것 같았지만 이를 악물고 참았다.

일본 순사들이 조사를 한답시고 할아버지를 주재소로 끌고 갔다. 호문은 어찌할 바를 모르고 동동거리다가 누나가 일하는 집으로 달려갔다.

왕의 검을 받다

막상 누나를 찾아왔지만 호문은 초인종을 누르지 못하고 서성거렸다.

"호짱? 안녕."

그때 세라복을 단정하게 입은 하나꼬가 호문을 불렀다. 하나꼬는 타다요시의 딸인데 일본 아이들을 위해 세운 학교에 다녔다.

호문은 누나가 보고 싶어 두 번 이 집을 찾아왔었다. 그때 먼발치에서나마 하나꼬와 눈인사를 나눈 적이 있었다.

"언니 안에 있을 거야."

하나꼬는 초인종을 누르고 꽃바구니처럼 화사하게 웃었다. 누나에게 배운 서투른 조선말 억양이 호문의 귀에 거슬렸다. 조선 사람도 일본말을 쓰지 않으면 벌을 받는데 일본 사람이 조선말을 쓰다니 은근히 배알이 꼴렸다.

잠시 후 누나가 대문을 열어주었다.

"언니, 동생 왔어요. 호짱, 들어오세요."

하나꼬는 경쾌하게 마당으로 들어섰다.

"와? 무슨 일이고? 할아버지는?"

심상치 않은 호문의 표정을 보고 누나는 두 눈이 휘둥그레 물었다.

"큰일 났다!"

땀범벅이 된 호문의 얼굴은 붉으락푸르락 달아올랐다.

"일단 들어온나. 누가 볼라."

누나가 호문을 끌어당겼다. 호문이도 타다요시 집 앞에서 어정거리는 것은 모양새가 좋지 않아 순순히 대문 안으로 들어섰다.

"할아버지가 일본 순사한테 잡혀갔다."

"무슨 일로? 자세히 말해 봐라."

그때 소란스러운 소리를 듣고 하나꼬의 어머니 리에가 마루문을 열고 나왔다. 호문은 말을 멈추고 눈치를 살폈다. 누나가 호문을 툭 쳤다. 그제야 호문은 예의를 차리고 인사를 했다. 고개를 들었을 때 뜻밖에도 리에가 맑게 웃으며 목례를 했다.

호문은 리에와 눈이 마주치자 움찔했다. 리에의 눈빛이 아주 특이했다. 파란 광채가 나오는 것이 사람 속을 꿰뚫어 보고 태울 것 같았다. 할머니가 굿할 때 따라가서 본 작두 타는 무당의 눈빛보다 더 강렬했다.

"개안타, 찬찬히 이바구 해봐라."

누나는 리에도 같이 들었으면 하는 듯 재촉했다. 호문은 정신을 차리고 할아버지와 북정 고분에 갔던 일을 자세하게 말했다.

"걱정 말아요. 내가 알아볼게요."

리에는 상황을 쉽게 이해한 듯 고개를 끄덕였다.

"거기는, 옛날에 우리 조상들 무덤이라는데…."

호문은 할아버지가 억울하다는 걸 말하려고 애썼다.

"일본은 고적 조사 5개년 계획³을 세워서 가야의 유물을 집중적으로 발굴하고 있어요. 이번에는 김해 패총과 북정 고분을 강제로 발굴하는 겁니다."

리에가 차분하게 가야 유물 발굴 계획을 알려주었다. 하지만 호문은 처음 듣는 말인데다 무엇인지 몰라서 어리둥절했다.

"일본은 '임나일본부설'⁴을 주장하고 있어요. 그 근거를 만들려고 닥치는 대로 가야 유물을 발굴하는 겁니다. 가야와 연관지어서 조선을 지배하기 위한 명분을 찾으려는 거니까요."

리에는 호문이 알아듣도록 차근차근 설명해주었다.

호문은 리에가 고분 발굴에 대해서뿐만 아니라 역사에 대해서 많이 아는 게 오히려 수상하고 의심스러웠다.

"북정동 고분 발굴은 아무도 막을 수가 없어요."

"그러면 우리 할아버지는 어찌 됩니꺼? 흑."

리에의 말에 누나가 울음을 터뜨렸다.

"내가 알아볼게요. 할아버지 걱정은 하지 마세요."

리에는 누나를 안심시키더니 호문의 눈을 보며 힘주어 말했다.

"우리는 같은 뿌리를 가진 나무입니다."

리에의 말을 듣고 호문은 뜨악한 눈빛으로 바라보았다. 우리? 같은 뿌리? 그 말은 일본이 '내선일체'[5]를 주장하며 조선을 삼키려 할 때 사용하는 말이었다.

호문은 입술을 실룩거리며 뛰쳐나왔다.

"리에를 믿어 봐, 일이 잘될 테니 걱정하지 마라."

당황한 누나가 따라 나와 호문을 달랬다.

"그 여자 남편은 소문난 악질이다. 우째서 할아버지를 구해 주겠노? 우리가 같은 뿌리라고 말하는 거 못 들었나? 다 한통속이라."

호문은 누나의 손을 뿌리치고 버럭 소리를 질렀다.

"리에상은 다르다. 우리 편이다."

누나가 리에를 편들자 호문은 불같이 화가 났다. 평소 리에가 누나에게 인정 있게 대해 준다고 들었다. 오늘도 리에는 호문에게 꼬박꼬박 존댓말을 쓰면서 친절하게 대했다. 하지만 다 거짓으로 보였다.

"누나는 일본 사람한테 붙어서 잘 먹고 잘 사니까, 뭐시 제대로 보이겠노?"

호문은 모진 말로 누나 가슴을 콕콕 찔렀다.

"니는 내 속을 그렇게 모르겠나? 어쨌든 어른들 안 놀라게 잘 말씀드려라."

누나는 가는 길에 기차를 조심하라고 일렀다. 호문은 일부러 대답하지 않았다. 이 모든 것이 누나 잘못인 것처럼 부루퉁한 얼굴로 돌아섰다.

그러나 금세 후회했다. 누나는 집에서도 소처럼 일만 했는데 남의 집 식모살이는 쉬울까?

호문에게 누나는 엄마나 마찬가지였다. 돌아가신 엄마 얼굴은 기억도 나지 않는다. 자신의 곁에서 밥을 먹이고 씻기고, 업고 달래주던 이는 누나였다.

호문은 어둑한 길을 달렸다. 집이 가까워지자 더럭 겁이 났다. 아침에는 이 길을 할아버지와 함께 갔는데 혼자 돌아가다니, 서러움이 복받쳐서 손등으로 눈물을 닦았다.

할아버지는 며칠 후에 풀려났다. 나이도 많은 데다 큰아버지가 찾아가 북정 고분과 우리 집안은 아무 관계도 없다며 빌은 까닭이다. 호문은 리에가 뒤에서 손을 썼음을 직감했다. 리에 일가가 물금에 모여 산다고 했는데 타다요시 못지않게 막강한 힘을 가진 게 틀림없었다.

호문은 뭔가 억울하고 분한 감정을 억누를 수가 없었다. 학교에서 믿을만한 조선 선생님을 찾아가 물어보았다.

"선생님은 가야라는 나라에 대해 아십니꺼?"

"마을 앞에 있는 저 강을 건너가면, 가야라는 나라가 있었다."

선생님은 창문을 열고 내다보며 강 건너 편을 손짓했다.

"이곳, 꽃나루마을은 산으로 둘러싸여서 신라와는 왕래하기가 힘들고 오히려 강 건너 가야 사람들과 오가며 장사를 하고 혼인을 했다고 한다. 가야와 신라가 전쟁 중이라도 사람과 물자가 오고 가는 걸 금하지 않았다고 한다. 이번에 발굴한 고분은 아마 가야에서 온 왕족의 무덤일 거라고 추측한다더라."

"왜 일본이 가야의 유물을 빼앗아 가고 가야에 대해 연구를 합니꺼?"

"한 나라의 역사는 어머니와 같다. 아기가 어머니 품에서 생명을 얻고 자라는 것과 같이 역사는 우리의 뿌리를 알려주고, 그 속에서 살게 한다. 그래서 일본인들은 우리 역사를 도적질해서 우리 뿌리를 가져가려고 하는 것이다."

그 말은 어머니를 빼앗아 가려는 뜻으로 들렸다. 호문은 어머니라는 말에 눈시울이 뜨거워졌다.

"가야를 안 빼앗기려면 우째야 합니꺼?"

"가야에 대해서 공부하고 기억해야지. 일찍이 정약용 선생이 우리나라 학자들이 지나치게 중국의 역사와 고전을 연구하는 것을 보고 통탄하셨다. 우리 민족의 가야 역사를 연구해야 한다고 주장하셨어. 그리고 요즘 일본이 가야 역사를 삼키려고 하니, 역사학자들 사이에서 가야를 지키고 연구하자는 움직임이 일어나고 있다."

선생님은 잘 설명해주었다.

호문은 가야에 대한 안타까움이 느껴졌다. 또한 할아버지가 헛된 일을 하는 것이 아니라는 걸 알았다.

일본인들은 13일간의 짧은 발굴 조사를 마쳤다. 고분에서 유물을 꺼낸 뒤에 다시 흙으로 덮었다. 고분에서 나온 수많은 유물들은 조선총독부 박물관으로 가져갔다.

할아버지는 몸보다 마음이 많이 상해서 자리보전을 하고 드러누웠다.

"우리야 마음뿐인데, 호랑이보다 더 무섭다는 일본 순사에게 항거했으니, 정말 대단하십니더."

소식을 들은 마을 사람들이 사랑채로 병문안을 왔다. 의원이 와서 쑥뜸을 뜨고 침을 놓아주었다.

"어르신 기개가 젊은이 못지않게 아직 살아 있습니더."

의원은 말끝마다 할아버지의 용감한 행동을 추어주었다.

할머니는 그런 말을 말라며 손을 내저었다. 이번 일로 사람들이 찾아오는 것도 반기지 않았다. 할아버지 때문에 일본인 말만 들어도 숨이 가쁘고 가슴이 두근거리는 증상이 생겼다.

"나라를 빼앗기니 조상들마저 빼앗기는구나…."

할아버지는 참담한 표정으로 탄식했다.

"아직도 할 말이 남았소? 지금이 어느 시절인데 천지분간도 못하는 어린애처럼 쓸데없는 말을 하시는교? 인자 제발 더 이상 나서지 마이소."

할머니는 누가 듣나 담장 너머를 내다보았다.

호문은 잠을 이룰 수 없었다.

'리에상이 왜 도와주었을까? 무슨 꿍꿍이일까?'

리에가 잘해주는 것이 마음에 걸렸다. 누나는 완전히 리에와 하나꼬에게 마음을 빼앗겨서 그들을 한 가족으로 착각하고 있다.

'일본인들은 가야를 빼앗으려 하고, 리에상은 누나를 빼앗으려 한다.'

호문은 의심이 불꽃처럼 타올라 가슴이 뜨거웠다. 이리저리 뒤척이다가 겨우 잠이 들었다.

한밤중에 누군가가 찾아왔다. 방문을 열어보니 철갑옷을 입고 말을 탄 개마무사들이 호문을 데리러 왔다. 그들을 따라가 보니 금관을 쓴 왕이 맞아주었다.

왕은 호문에게 다가와서 긴 칼을 건네주었다. 칼자루 끝에는 금으로 용을 만들어 넣어 장식했다. 왕은 호문의 옆에 있는 누군가에게 청동거울을 건네주었다. 자세히 보니 그 사람은 하나꼬의 어머니 리에였다.

호문은 벌떡 일어났다.

창호지를 바른 방문에 희뿌옇게 날이 밝아왔다. 호문은 꿈을 되새겨보았다. 왕 앞에 나가 왕의 칼을 받은 자신과 청동거울을 받은 리에.

'참말로 이상하네, 왜 우리 두 사람이지?'

말로 된 지도

해가 바뀌어 호문은 보통학교를 졸업했다.

읍내에 있는 중학교에 다니려면 날마다 베랑길을 지나 물금까지 달려야 했다. 게다가 한 살 더 먹었다고 거들어야 할 집안일도 더 많아졌다.

큰아버지가 볏짚을 썰어 가마솥에 여물죽을 끓이는 걸 도왔다. 아궁이마다 재를 긁어내고 장작을 넣어 불을 피웠다. 잘 탄 숯덩이를 화로에 담아 할머니 방과 할아버지가 기거하는 사랑채에 들였다.

호문의 집은 큰집 귀퉁이에 붙어 있는데 틈틈이 건너가 살폈고, 새어머니와 어린 동생이 추위에 떨지 않도록 나무를 해다 쌓아놓았다.

식사 때는 할아버지와 겸상을 하고 시중을 들었다.

저녁을 먹으려는데 정문이 들어섰다.

큰아버지는 딸만 일곱을 낳았고 끝
내 아들을 보지 못했다. 사촌 큰누님의
외아들인 정문은 호문에게 조카뻘이었다.
호문이 촌수가 높아서 당숙이 되지만 정
문이 호문보다 아홉 살이나 많았다. 그래
서 호문은 어른들 몰래 정문을 형님이라고
불렀다.

큰어머니는 버선발로 나가 외손자를 맞이했다.

"할아버지, 할머니, 저 왔습니더."

정문은 어른들에게 큰절을 올렸다.

"증조할아버지, 이번에 고생하셨지예? 좀 어떻습니꺼?"

할아버지는 밥 생각이 없는지 몇 술 뜨지도 않고 수저를
내려놓았다.

"할아버지, 호문이를 양자로 들인다면서요? 호문이 종손이

되면 이 집과 전답을 전부 다 물려받습니꺼?"

정문이 대뜸 큰아버지에게 따지듯 물었다. 꼭 할아버지와 할머니도 들으라고 하는 것 같았다.

"크흠. 니 에미한테 뭔 소리를 들었나 본데…."

큰어머니는 눈을 꿈적거리며 정문에게 눈치를 주었다.

"저도 성공하려고 발버둥치고 있습니더. 소도 비빌 언덕이 있어야 하는데, 저한테 논 한 마지기라도 팔아 주이소. 이기 다 할아버지 재산아닙니꺼? 저도 동경에 공부하러 가고 싶습니다."

정문이 막무가내로 떼를 썼다.

"뭐시라? 이런 고얀 놈이 어디서!"

큰아버지의 목소리가 높아졌다. 어른들 보기 민망해서 대나무 빗자루를 찾는 시늉을 하며 마당을 둘러보았다. 큰어머니가 한숨을 내쉬었다.

"저, 저런 변이 있나?"

할아버지가 못마땅해서 다음 말을 잇지 못했다.

"옛날부터 종손은 하늘이 내린다캤다. 니는 외손이라 어림도 없다. 그보담도 허파에 바람이 들어서 도시에 들락거리는데, 일 년에 열다섯 번이 넘는 제사를 지내고 집안일하면서 살 수 있나?"

할머니도 옆에서 다그쳤다.

"그러니 종손 같은 건 안 할낍니더. 그냥 내 몫을 조금만 달라 안 합니꺼. 외손은 손자도 아닙니꺼?"

큰아버지가 발악을 하는 정문을 끌고 나갔다.

호문은 이 모든 화근의 불씨가 자신인 것만 같아 가시방석이 따로 없었다.

밤이 깊었다. 할머니가 사랑채에 내려와서 호문이 옆에 앉았다.

"호문아, 인자 니가 다 컸으니 알아야 할 게 있다."

할머니가 어렵사리 말문을 열었다.

"네가 큰아버지 양자가 되어야겠다. 이 집안을 이어받아야 할 막중한 책임을 지게 되었다."

"그럼, 우리 아부지는요? 큰아버지 아들 안 할 낍니더."

호문은 대뜸 소리쳤다. 방 안에는 잠시 침묵이 흘렀다.

호문은 세 살 때 어머니가 돌아가셨다. 아버지는 새어머니와 재혼을 해서 동생을 낳았다. 그러나 보국대에 끌려간 뒤 소식이 없었다. 그런 와중에 양자라니, 아버지와 이어진 끈이 툭 끊어지는 것 같았다.

"아버지는 멀리 가서 고생하는데, 아버지를 버린 걸 알면 섭섭할 겁니더."

호문은 주먹으로 눈물을 쓱 닦았다.

"그건 아버지를 버리는 게 아니다. 네 아버지와는 천륜인데 어찌 끊겠노?"

할머니는 호문이 더욱 기특했다.

호문은 오줌을 가리고부터 사랑방으로 잠자리를 옮겼다. 할아버지 말벗도 하고 잔심부름을 하라는 할머니의 뜻이었다. 그때 이미 어른들은 딴 생각이 있었다.

'사랑채에서 할아버지와 살면 되지 뭐가 이리 복잡하노?'

호문은 갈피를 잡을 수 없었다. 평소 큰아버지는 말이 없고 무뚝뚝했다. 이상하게 큰아버지 앞에 서면 주눅이 들고 눈치가 보였다. 큰아버지는 정문이를 아꼈다. 호문이 들어설 자리는 없어 보였다. 그런데 아들이 되라니?

"네가 있어서 얼마나 든든한지 모른다."

할머니가 애틋한 눈빛으로 호문을 바라보며 다독거렸다.

"내가 이번에 큰일을 당하고 보니 마음이 급하다. 니는 인자 좀 더 큰일을 생각해야 한다. 종손으로서 할 일이 있단 말이다."

묵묵히 지켜보던 할아버지가 근엄한 목소리로 말했다.

호문은 더 이상 어른들 뜻을 거절할 수 없었다. 한편으로는 부모님과 다를 바 없는 할아버지와 할머니가 자신을 중요한 사람으로 인정해주는 게 좋았다.

"나라의 근본은 한 가문이다. 종손이 한 집안을 잘 끌어가면 나라도 바르게 세울 수 있게 된다."

"예. 알겠습니더. 가르쳐주시면 무엇이든 하겠습니더."

종손 문제를 매듭짓고 할아버지는 기력을 회복했다.

"호문아, 준비 다 되었나?"

아침상을 물리기 무섭게 할아버지가 성화를 댔다. 할아버지가 다친 뒤로 오랜만에 하는 외출인지라 장군이도 꼬리를 흔들며 나섰다. 큰아버지는 모르는 척하며 논으로 나갔다.

"어디 가실라꼬예?"

호문이 은근히 기대에 차서 따라나섰다. 할아버지는 지팡이를 짚고 조심스럽게 걸었다. 뒷산 초입에 이르자 얼굴이 환하게 밝아졌다.

"이 길을 오를 때마다 마음이 설레고 힘이 난데이."

호문은 할아버지와 발걸음을 맞추면서 걸었다.

매바위 아래 있는 제천단까지는 가파른 비탈길이 이어졌다. 산에는 진달래꽃이 피고 함박나무에 새순이 돋아났다. 소나무 숲과 참나무 숲을 지나 제천단에 닿았다. 바위들이 병풍처럼 둘러서 있는데 제천단이라는 한자가 가로로 새겨져 있다.

"몸이 가뿐하데이, 마음까지도 시원한 거이."

할아버지는 먼산바라기를 하며 마을을 내려다보았다.

"우리 마을은 좌청룡 우백호가 지키는 명당이다. 좌로는 오봉산이 우로는 토곡산이 그리고 뒤에는 함박산이 감싸 안고 있다. 저 앞 낙동강 건너 김해 하늘이 보이재? 옛날에 우리 조상들은 저기 강 건너, 가야에서 왔다."

강 건너 마을까지는 아득한 시간과 거리감이 느껴졌다.

할아버지는 손짓으로 강을 건너고 산을 넘어갔다. 바닷 가를 지나 왕궁에 도착했다. 눈빛으로 시간을 거슬러갔다. 한 번 휘저을 때마다 몇 백 년씩 건너뛰더니 천오백 년을 거슬러갔다.

호문이도 한마음이 되어 온몸으로 따라갔다.

할아버지는 제단처럼 생긴 편평한 바위 위에 앉아 맞은 편을 가리켰다. 호문이와 장군이도 냉큼 올라가 할아버지 옆에 앉았다.

"내가 너만 할 때 조부님께서 늘 이야기를 들려주셨재. 어 릴 적부터 들은 옛날이야기들을 내가 할아버지가 되면 내 손 자에게 들려주라고 하셨재. 그때는 그 말이 까마득한 꿈처럼 여겨져서 내가 할아버지가 되는 날이 올까? 생각했재."

할아버지는 호문을 지그시 바라보며 의미심장하게 웃었다.

"할아버지도 고조부님과 사랑채에서 지냈습니꺼?"

"하모. 처음에는 근엄한 할아버지가 무서웠재. 사랑채로 가라는 말씀에 어머니 치맛자락을 부여잡고 며칠을 울었재. 할아버지는 저녁마다 이야기보따리를 풀어놓았고, 몇 밤이 지나고 나니 할아버지가 나한테 긴히 할 말이 있다는 걸 알았재."

호문은 할아버지도 같은 절차를 거쳤다는 말에 안심이 되었다. 할아버지가 호문에게 바싹 다가앉아 두 손을 머리에 얹었다. 순간 불같은 기운이 호문의 몸속으로 후욱 들어왔다.

"가야는 신라의 땅이 된 후에 가야의 역사를 내세울 수도 기록할 수도 없었다. 그래서 할아버지가 손자들에게 격대로 이야기를 통해서 역사를 전해 왔다. 종손에게 역사와 유물과 제사까지 모든 것을 전한다."

할아버지의 눈빛과 목소리가 경건했다.

"철을 가진 자가 나라를 세우고 세상을 지배했다. 우리는 왕의 무기를 만드는 사람들의 후예다. 우리는 많은 덩이쇠를 나라 밖으로 내보냈다. 전쟁이 일어났을 때 백성들은 뿔뿔이 흩어지고 말았다. 다시 나라를 찾는 날이 오리라 믿으

며 이 철광을 감추었다. 한때는 그림으로 전해지기도 했으
나 소실되었고 이제는 말로 된 지도만 남았다. 그것을 소중
하게 받아라."

할아버지 입에서 폭포수처럼 강한 소리가 나와 호문의
가슴으로 흘러들었다.

"뒷산 치맛주름 가장 깊은 골에 금굴이
그 속에 금개구리 여섯 마리 밤마다 우는데
칼과 창과 갑옷을 만들던 철광을 숨겨라.
다섯 봉우리, 흙다리, 피의 계곡으로 황룡이 꿈틀거린다."

우주의 기운이 호문을 둘러싸고 흘렀다. 호문은 한 마디
도 놓치지 않고 활자처럼 머릿속에 새겼다.

"이전 사명자 이덕조가 새로운 사명자 이호문에게 역사
를 전한다. 이호문은 우리의 역사를 소중하게 지키며 후대
에 전하라."

할아버지는 몸을 부르르 떨며 눈을 떴다.

호문이 눈을 떴을 때 달라진 것은 없었다. 마을과 멀리
낙동강과 그 건너 하늘이 그대로였다. 하지만 눈이 부셨다.

봄 햇살은 금빛으로 빛나고 봄바람이 상쾌했다. 자란다는 것은 비밀을 자꾸 품는 것과 같다는 생각이 들었다.

호문은 할아버지와 눈을 맞추고 싱긋 웃었다.

"그 옛날이야기들이 다 참말이라고요?"

대부분의 이야기들은 이미 잠자리에서 할아버지에게 들었다. 더욱이 마을의 전설로 전해오기도 했다. 놀라운 것은 그것이 다 참말이라는 것이고 구체적인 위치를 알려주는 말로 된 지도가 있다는 것이다.

"하모, 조상들은 이야기를 만들어서 강물처럼 마르지 않고 오래 흐르게 했다."

"할아버지, 지는 떨립니더."

"타작마당에 있는 팽나무 봤재? 어린 씨앗이 자라 거목이 되고 몇 백 년씩 마을을 지켜왔다. 조상들은 어린아이 속에 씨앗을 심어왔다. 종손의 가장 큰 책무는 살아남아서 역사를 후대에 전하는 일이다."

할아버지는 호문의 어깨를 다독거렸다.

"그렇게 막중한 일을 어떻게 할지 두렵습니더."

호문은 미적거리다 물어보았다.

"할아버지, 혹시 종손이 되면 신기한 능력도 생깁니꺼?

"그게 무슨 말인고?"

"축지법을 써서 물금까지 한달음에 날아간다거나, 사나운 눈으로 쏘아보면 일본 순사가 낙엽처럼 우수수 나가떨어지는, 그런 신통한 능력 말입니더."

"허허, 우리는 똑같은 사람이다. 남보다 더 정신을 차리고 마음에 중심을 잡고 살아야 하는 기지."

"이상합니더. 이런 큰일을 맡았는데 어째서 그런 힘은 주지 않았을까예?"

호문은 여전히 아쉬웠다.

"그런 힘은 지금부터 니가 만들어야재."

할아버지는 이제 마음의 짐을 털어놓았다는 듯 홀가분한 표정이었다.

"사람들이 자꾸 끌려가니 걱정이데이. 니는 매사에 몸조심해라. 아무리 힘들어도 끝까지 살아남아야 한데이."

할아버지는 호문의 손을 꼭 잡았다.

호문은 할아버지가 전해준 말 지도를 고스란히 가슴에 품었다. 할아버지처럼 자신도 손자에게 조상들의 이야기를 전하겠다고 다짐하면서.

전설의 가야 마을

갑수가 가쁜 숨을 내쉬며 달려와 호문을 찾았다.

"호문아, 웬 일본 여학생이 니를 불러 달라카더라."

"일본 여학생이라고?"

호문은 불길한 생각에 가슴이 덜컥 내려앉았다.

'하나꼬가? 누나에게 무슨 일이 생겼나?'

"니 읍내 학교에 다닌지 얼마 되었다고 그새 일본 가시나
도 사궜나?"

갑수가 마뜩찮은 눈빛을 했다.

"귀한 밥 먹고 그런 쓸데없는 소리가 나오나?"

"베랑길을 덜덜 떨면서 오기에 냇가에서 기다리라 캤다."

갑수의 말이 채 끝나기도 전에 호문은 내처 달려갔다.

하나꼬는 길가에 주저앉아 있다가 달려오는 호문을 보고
활짝 웃었다.

"누나한테 무슨 일이 생겼습니꺼?"

호문은 잔뜩 긴장해서 누나 소식부터 물었다.

"그건 아닙니다. 내일 일본 사람들이 마을에 들어갈 것입니다. 피할 것은 피하고 숨길 것은 숨기라고 했어요."

하나꼬는 비밀스럽게 속삭였다.

"우리 마을에? 무슨 일로?"

호문은 영문을 몰라 말을 잇지 못했다.

"파파가 뭔가 중요한 것을 찾으러 마을에 들어갈 것이라고 했어요. 마마가 아무래도 큰일이 생길 것 같다고 합니다."

하나꼬는 큰일을 힘주어 말했다.

호문은 리에가 왜 이렇게 중요한 일을 미리 알려주는지 의아했다. 그들은 타다요시의 가족이 아닌가? 그렇다면 누나 때문에?

"이 길 아름다워요. 저기가 언니 사는 꽃나루마을인가요?"

하나꼬는 산 아래 보이는 아담한 마을을 가리켰다. 하나꼬는 호문보다 두 살이나 많으면서도 어린아이처럼 천진했다. 긴박하게 위험을 알려주러 왔으면서도 더할 수 없이 밝고 명랑했다.

"아리가또 고자이마시다."

호문은 정신을 차리고 하나꼬에게 고맙다며 인사를 했다. 그러고는 베랑길이 끝나는 곳까지 하나꼬를 데려다주었다. 마음이 급해서 더는 갈 수 없었다.

"호짱, 놀러 와요. 언니가 보고 싶어 해요. 마마도."

호문은 한 번 더 예의를 차리고 허리를 굽혔다. 집으로 달리면서 머릿속이 복잡했다. 예감이 좋지 않았다. 한바탕 먹장구름이 하늘 가득 몰려올 때처럼 심장이 벌렁거렸다.

물금 메깃들에는 낙동강물이 거슬러 들어와서 논이 많았다. 일본인들은 물금의 땅을 탐냈고 대부분의 논을 빼앗아 갔다. 타다요시의 농간으로 가난한 사람들은 땅과 집안의 가보를 헐값에 내다팔았다. 타다요시가 한번 눈독을 들인 물건은 수단 방법을 가리지 않고 제 것으로 만들었다. 그런 그가 꽃나루 마을까지 온다니, 흡사 불을 가지고 오는 것 같았다.

'타다요시가 왜 오나? 들키면 안 되는 게 뭐지?'

아무리 생각해도 종잡을 수 없었다.

호문이 타작마당에 들어서자 장군이 달려와 긴 혀로 얼굴을 핥았다. 장군은 할아버지가 논에서 일하면 논으로, 밭에서 일하면 밭으로, 정자에서 쉴 때도 따라다녔다. 심지어

뒷간에 가도 그 앞에서 기다렸다.

"아, 니를 우짜믄 좋노?"

호문이 장군을 끌어안고 얼굴을 비비댔다. 삽살개는 일본인들이 군복과 군화를 만든다고 다 잡아갔다. 유일하게 숨겨서 키우는 것이 할아버지의 개, 장군이었다.

"할아버지, 내일 일본군들이 마을에 들어올 거랍니더."

"무슨 일로?"

"그건 모르겠지만, 조심하라고 친구가 일러줬습니더…."

할아버지는 호문의 눈을 한참 들여다보더니 부리나케 이장을 찾아갔다. 마을 사람들이 화를 당하지 않도록 잡도리를 시키라고 당부했다. 외지에서 숨어든 사람을 피신시키거나 집집마다 곡식을 감추거나 집안의 귀한 가재도구나 그릇들도 숨겨야 했다.

"장군은 어떻게 하지요?"

"대밭굴이나 뒷산으로 데려가야재."

마을로 들어오는 산길에 먼지가 구름처럼 일어났다. 구불구불한 고갯길을 트럭과 지프차가 넘어왔다. 그 앞에는 말을 탄 순사들이 호위했다.

순사들은 허리에 두른 가죽 벨트에 검을 차고, 어깨에는
총을 메고 있다.

　그 위세에 눌려 마을 사람들은 숨어서 지켜보았다. 이장
과 큰아버지가 그들을 맞이했다.

　"저 사람이 타다요시야."

갑수가 정문이와 나란히 서 있는 일본인을 가리켰다.

호문은 잔뜩 긴장해서 그를 눈여겨보았다.

타다요시는 일본인만 입는 고급 양복 차림에 유행하는 콧수염을 길렀다. 가르마가 선명한 머리에는 머릿기름을 발랐는지 유난히 번질거렸다. 타다요시는 날카로운 눈빛으로 동네를 둘러보았다. 이 외진 곳쯤이야 마음대로 처리할 수 있다는 오만함이 잔뜩 배어 있었다.

정문은 일본인들처럼 양복바지에 셔츠를 입고 모자를 썼다. 한눈에 봐도 신식 티가 났다. 가슴에 일본 천황을 위해 장렬하게 싸우다 죽겠다는 무운장구·지충보국이라는 한자와 일장기가 붙었다.

"정말 이 동네는 대책이 없어요. 너무 외져서 미개한 상태입니다."

정문은 타다요시에게 마을에 대해 설명했다. 타다요시는 마을을 집어삼킬 듯 탐욕스러운 눈빛으로 둘러보았다.

"배산임수에다 명당이네요. 아늑하고 아름다운 곳입니다."

타다요시가 어른들과 인사를 나누었고 정문이 사랑채로 안내했다. 타다요시가 찾아온 목적을 말했다.

"우리는 이 마을에서 금동굴과 철광을 찾아내는 사업을

할 것이오."

"금동굴이라니? 철광을?"

큰아버지가 할아버지를 돌아보며 벌레 씹은 얼굴을 했다.

"이 지역은 옛날 가야의 마을이 있던 곳으로 추정됩니다. 가야 시대에 사용했던 금동굴과 철광, 토기 제작소가 있다는 정보를 얻었소. 우리가 가야의 유적지를 발굴할 것이니 그리 아시오."

일본 학자가 나서서 설명했다.

할아버지는 간이 철렁 내려앉는 것 같았다. 양미간을 잔뜩 찡그리고 금시초문이라는 표정을 지었다.

"그건 마을에 전설로 내려오는 이야기인데…."

이장이 마른하늘에 날벼락을 맞은 듯 말을 더듬었다.

"우리 일에 협조하시오. 터줏대감인 이 집안이 금동굴과 철광의 위치를 알고 있을 거라 생각하오. 가문 대대로 내려오는 보물로서. 우리도 그런 전통이 있소."

타다요시는 자신의 요구를 강경하게 말했다.

"그런 건 쉽게 숨길 수 있는 것도 아닌데 우리가 어찌 알겠소?"

할아버지가 어렵사리 한마디 했다. 긴장감이 감돌았다.

그사이에 안채에서 소란이 났다. 순사들이 안채와 건넌방, 다락까지 샅샅이 뒤지며 무언가를 찾았다. 잠시 후 여기저기서 찾은 고서들을 잔뜩 꺼내서 대청마루에 쌓았다. 겉장에는 치자물을 들이고 기름을 먹여 이씨 가문의 족보라는 이름이 붙어 있다.

"이건 우리 족보인데?"

할머니가 놀라서 고서 몇 권을 신주단지처럼 감싸 안고 사랑채로 달려왔다.

"감히 족보를 건드리다니! 이게 무슨 짓이요?"

할아버지가 버럭 고함을 질렀다.

"우리가 찾는 게 있으니 조금 기다려 보시오."

타다요시가 능글맞게 여유를 부렸다. 금동굴과 철광의 지도를 찾는 것 같았다. 할아버지는 더는 참지 못하고 벌떡 일어나 마루에 있는 지팡이를 들어 대뜸 정문을 향해 후려쳤다.

"이놈아! 이게 뭐 하는 짓이냐?"

큰아버지가 정문이 앞을 가로막았다.

타다요시와 정문이 급히 밖으로 나갔다.

일본인들은 다락에서 제기로 쓰는 토기와 집안의 유물을

몇 점 찾아냈다.

"이건 우리가 조사하고 돌려주겠소."

말은 그렇게 하지만 빼앗아 가는 거였다. 그들은 안방에서 할머니의 경대를 들고 나왔다. 타다요시의 눈빛이 탐욕으로 번들거렸다. 그건 옻칠이 되어 아름다웠다. 할머니의 할머니가 물려주신 것으로 안방 한쪽에 고이 모셔두었던 것이다. 정문이 타다요시의 눈치를 살피더니 그것을 선물이라며 내주었다.

"할머니 것을 왜 형 마음대로 하노?"

호문이 거칠게 말했다.

"할머니 안 쓰시잖아? 가치도 모르고. 모든 물건은 가치를 아는 사람이 가져야 하는 기라."

정문이 호문의 말에 되레 화를 냈다.

꽃나루마을은 이제껏 아무도 주목하지 않은 낙동강 기슭의 산골 마을이었다. 외부 사람들이 드나들기조차 어려운 이 동네에 한바탕 불바람이 불어닥칠 것 같았다.

그러나 아무도 저항하거나 따질 수 없었다. 그들은 총과 칼을 갖고 있었다. 그들의 비위를 거슬렀다가는 끌려가 죽도록 매를 맞거나 칼질 당하고 총질을 당했다.

타다요시가 사나운 얼굴로 순사들에게 명령했다.

잠시 후 트럭에 실어온 장비를 막무가내로 내리기 시작했다. 순사들이 마을 어른들에게 솔밭 빈터에 창고를 지으라고 지시했다. 그들은 요란하게 동네를 들쑤시고는 떠났다.

'우리 동네 전설을 어떻게 알았을까? 갑수 아버지가?'

호문은 마음에 짚이는 것이 있었다. 갑수 아버지는 고분 발굴 후에도 일본인들을 따라다니며 일한다고 했다.

저녁에 어른들은 사랑채에 모여 의논을 했다.

호문은 툇마루에 앉아 이야기를 엿들었다. 그때 갑수가 호문에게 밖으로 나오라고 손짓을 했다. 솔밭 소나무 그림자 속에 아랫마을 아이들까지 여럿이 기다리고 있었다.

"네가 일본군 불러왔재?"

아이들은 다짜고짜 호문을 몰아세웠다.

"그게 무슨 소리고?"

호문은 어이가 없어서 펄쩍 뛰었다.

"갑수 말이 네가 일본 가시나하고 억수로 친하다면서?"

"아, 그거? 그건 그게 아니고….”

호문은 갑수를 야속하게 쳐다보았다. 갑수는 고개를 돌렸다.

호문은 재빨리 머릿속으로 가늠해보았다. 사실대로 말하면 아무도 믿지 않을 것이다. 타다요시는 하나꼬의 아버지가 아닌가? 게다가 누나도 위험해진다.

"뒷산에 금동굴이 있다느니 철광이 있다느니 그런 걸 일본 놈들이 우찌 알끼고?"

"내가 마을을 지킬라카재, 왜 일본인을 불러들이겠노?"

호문은 답답해서 가슴을 열어서 보이고 싶었다.

"일본 놈들이 금동굴이나 철광을 찾을 때까지 우리를 들볶을 거라더라. 이기 다 누구 때문이고? 그 일본 가시나하고 무슨 말했는데?"

"그기, 그기…."

호문은 속 시원하게 답할 수 없어 쩔쩔맸다.

"와 말을 못하는데?"

"느그는 밭도 사고 돼지새끼도 샀다면서?"

아랫마을 형들도 의심스러운 눈초리를 했다.

"그건 돌짝밭이라 아주 헐값에 나왔는데, 누나가 돈 벌어서 샀다."

"호정이가 뭐해서 그 큰돈을 버는데?"

갈수록 아이들은 거세게 다그쳐 물었다.

"갑수야, 혹시 느그 아버지 아니가?"

호문은 모면하기 위해 갑수 아버지가 고분에서 일한 걸 들먹였다.

"와 우리 아버지한테 덤터기를 씌우노? 일본 놈한테 붙어사는 게 누군데?"

갑수의 입이 곧 터지려고 했다.

호문은 다급했다. 행여 누나 이야기가 나올 새라 그 입을 막아야 했다. 호문은 먼저 갑수의 얼굴에 주먹을 날렸다. 갑수도 질세라 맞받아치며 둘은 땅바닥에 나뒹굴었다. 호문도 갑수의 주먹을 맞아 입술이 터지고 코피가 흘렀다.

"느그 거기서 뭐하노? 싸우나?"

사랑채에서 이야기를 마치고 집으로 가던 아재가 야단을 쳤다. 그 바람에 아이들은 삽시간에 다 흩어졌다.

호문은 정자에 누웠다. 눈물이 자꾸 쏟아졌다. 하나꼬 때문에 위험을 피했는데 고맙다는 인사를 받기는커녕 이렇게 오해가 생길 줄은 몰랐다. 서러워서 한참을 흐느껴 울다가 눈물을 닦고 방으로 들어갔다.

할아버지는 호롱불 앞에 우두커니 앉아 있었다. 담뱃대에 담배 가루를 꼼꼼하게 재어서 불은 붙이지 않고 그대로 들고 있었다. 호문은 재빨리 방을 치우고 이부자리를 깔았다. 자리에 누웠지만 너무 분해 가슴에서 불길이 솟았다. 머릿속으로 갑수와 동네 아이들에게 대거리를 마구 해댔다.

이중간자

한바탕 소용돌이가 지나간 집에 정문이 와서 함께 저녁을 먹었다.

"지는 당분간 여기 있을 겁니더. 금동굴과 철광을 찾을 때까지예."

정문이 눈치도 없이 당당하게 말했다. 식구들은 다들 숟가락질을 멈추고 쳐다보았다.

"일본인들하고 직접 부딪쳐서 좋을 게 없지예. 제가 중간에서 마을의 입장을 알려주고, 그 사람들 입장도 전해줄 겁니더."

"그런 건 이중간자나 하는 일 아니가? 흐흠."

할아버지가 수저를 탁 소리가 나게 놓고 일어섰다.

정문은 그래도 자신이 할 말만 늘어놓았다.

"호문아, 종손 할 만하나? 니는 어른들 비위 맞추는 거

잘할 끼다."

"그기 어른을 섬기는 기지 비위 맞추는 깁니꺼?"

호문이도 배알이 꼴려 쏘아주었다.

"정문아, 니는 나이 적다고 아재한테 반말하나? 그런 법
은 없다."

할머니가 나서서 한소리 했다.

"아, 이거, 왜들 이러십니까? 외손이라고 너무 구박하십
니다."

정문이 능글거리며 큰어머니에게 하소연했다. 큰어머니
는 못들은 척 부엌으로 들어가버렸다.

밤중에 정문이 할아버지 방으로 슬그머니 찾아왔다.

"조선은 인자 없습니더. 조선이 독립을 할 거라고 믿는
사람은 아무도 없습니더. 우리는 이미 내선일체[5]입니다. 그
걸 인정하고 받아들여야 합니더. 그렇게 하는 게 집안을 살
리는 길입니다. 어릴 때부터 금동굴이나 철광 이야기를 듣
고 자랐습니더. 증조할아버지는 뭔가 아시는 게 있지예?"

"니놈이 버릇없이 어디다 대고?"

아니나 다를까 할아버지가 역정을 내며 담뱃대를 재떨이
에 땅땅 내리쳤다.

"할아버지가 첫 증손자라고 지를 얼마나 예뻐하셨습니까? 지도 할아버지 핏줄이라고요. 이번에 공을 세우면 우리 집안 앞으로 길이 쫘악 열릴 깁니더. 저한테도, 호문이 아재한테도 좋은 일이 생길 겁니더."

정문은 할아버지에게 겁을 주었다가 달래기도 하며 끈덕지게 졸라댔다. 지켜보는 호문은 마음이 조마조마했다. 그러나 할아버지는 끝내 모른다며 시치미를 뗐다.

"나가라. 보기 싫다."

할아버지는 노발대발하며 정문을 쫓아내고 말았다.

정문은 밖으로 나가 정자로 갔다. 호문이 따라와 정문이 옆에 살그머니 앉았다.

"조카님, 그래서 저 사람들을 데리고 왔나?"

"뭔 소리고? 내가 타다요시를 데려온 거 같나? 조선은 땅만 파면 보물이 나온다고 소문이 났다. 일본인들 몇 백 명이 몰려와서 조선의 유물을 찾느라 혈안이 되었다 말이다."

정문은 억울하다고 했다.

"북정 고분을 발굴했더니, 생각보다 많은 유물이 나온 데다 왕관이 나온 걸 보니, 이 지역에 왕에 버금가는 인물이 살았을 것이라고 추정했지. 물금 일대에 가야와 같은 작은 왕국이 있었을 거라고. 철광이 있는 우리 동네는 그 나라를 지지하는 세력이라고 생각한 거고, 나는 이 동네 사니까 마지못해 같이 온 거다."

"내는 조카님이 그 사람들 편으로 올 줄은 몰랐다."

"내가 학교 다닐 때 읍내에 가면 가난한 동네라고 얼마나 무시당한 줄 아나? 그래서 성공할라고 영어도 일어도 억수로 열심히 공부했다. 일본 유학도 가려 했지만 돈이 없다. 살아남으려고 온갖 일을 다 하는 기다."

"부산에 가서 성공한 줄 알았지 일본 사람 꼬봉 하는지는 몰랐다."

호문의 말에 정문이 벌떡 일어섰다.

"그게 쉬운 일인지 아나? 부산에 나가 봐라. 장수통에는 유명 상점들이 즐비한데, 주인은 전부 일본인들이고 조선인들은 그 밑에서 일하는 기라. 일본인 밑에서 일하려면 용두산 신사에 가서 참배를 하고, 간도 쓸개도 다 빼버리고 죽을 각오로 일해야 되는 기라."

"그리 힘들면 돌아온나."

"내는 꿈이 있다. 다음에 부산에 데리고 가서 전차도 태워주고, 영화도 보여줄게. 부산하고 이 산골짝은 문명 수준이

100년도 넘게 차이가 난다. 어른들은 세상이 어떻게 돌아가는지도 모른다. 종손은 집안의 기둥이니 앞날을 멀리 내다봐야재. 종손은 뭘 좀 아는 게 있을 낀데?"

"내는 모른다."

호문은 딱 잘라 말했다.

"타다요시가 어찌나 서두르는지 내가 참깨처럼 볶인다. 어차피 나중에 다 밝혀질 텐데. 억지로 빼앗으면 괘씸죄가 되지만, 미리 가져다주면 상을 받을 수 있다."

정문이 온갖 말로 호문을 어르고 달랬다. 더 이상 실랑이를 하다가는 무슨 말이 나올지 몰라 호문은 자리를 피해 사랑방으로 들어왔다.

"호문아, 무슨 일이 있어도 정문이하고 등지지 마라. 니는 종손이다. 집안의 모든 생명을 다 감싸 안아야 한다."

할아버지가 호문에게 당부했다.

"알겠습니더."

"착한 끝은 있어도 악한 끝은 없다."

호문은 자리에 누웠는데 할아버지의 말씀이 걸렸다. 누나에게 모진 소리 하고 갑수와도 싸우고 정문이와도 마음이 맞지 않고…, 천지사방이 가시밭처럼 느껴져 너무 힘들었다. 자신은 종손이라는 그릇이 못된다. 삐죽빼죽 모난 돌처럼 여겨졌다.

"만약 일본 놈들이 철광을 찾으면 눈이 뒤집힐 끼다. 총알 만든다고 가마솥, 놋그릇을 다 빼앗아가고 조상님들께 제사 지내는 제기까지 다 빼앗아 갔으니. 행여 그놈들이 철광을 찾아내면 무고한 생명을 얼마나 죽일지 뻔하다."

호문은 할아버지가 걱정하는 것이 무엇인지 알았다. 철광을 찾는 것은 일본이 하는 전쟁을 돕는 일이다. 하지만 그들이 하고자 하면 무슨 수로 막는다 말인가? 호문은 두려워서 진저리를 쳤다.

지독한 가뭄이 계속되었다. 땅은 사람들 마음처럼 퍼석퍼석 마르고 먼지가 날렸다. 어른들은 양수기로 물을 퍼올려서 논에 물을 가두려 했지만 논바닥은 쩍쩍 갈라지기만 했다. 새어머니는 계곡에 모래와 자갈을 퍼내고 물이 고이도록 작은 소를 만들었다. 호문이 그 물을 퍼다 밭에 날라 주어 겨우 채소를 심었다.

기우제를 지내야 할 때가 왔다. 어른들은 옷을 차려입고 제물을 지게에 지고 제천단까지 올라갔다. 그 뒤를 아이들이 우르르 따라 올라갔다. 호문은 올라가면서 갑수와 몇 번 마주쳤다. 서로 어색해서 눈길을 피하고 뒤로 처졌다.

큰아버지가 제단 아래 숨겨둔 상자에서 제기를 꺼내 제물을 담았다. 할아버지가 기원문을 읊었다.

하늘이시여! 때를 따라 알맞은 비와 햇볕을 주소서. 풍년이 들어 부모와 자녀들이 굶지 않게 하소서. 마을 사람들이 더 이상 끌려가지 않고 살아남게 하소서. 조상으로부터 온 것을 후손들에게 전하게 하시고 불 같은 어려움도 견디고 살아남게 하소서.

어른들은 하늘과 땅과 멀리 보이는 낙동강을 향해 비손을 했다. 동서남북 사방팔방 천지신명께 엎드려서 기원을 올렸다. 아이들도 엉덩이를 하늘로 치켜들고 엎드려 소원을 빌었다. 호문의 바로 옆에서 갑수가 뭐라고 중얼거렸다.

호문은 오른손으로 갑수의 왼손을 잡았다.

"갑수야, 미안타."

"어데? 내가 미안하재."

갑수가 마주보고 씩 웃었다. 호문은 눈물이 핑 돌았다.

"니 소원 뭐 빌었노?"

"아버지가 돌아오게 해달라고. 누나도 잘 있게 해달라고."

"난 아버지가 돈 많이 벌게 해달라고 빌었다. 엄마 약도 사주고, 우리 동생들 배곯지 않게 해줄라고."

갑수는 호문을 잡은 손에 더욱 힘을 주었다. 서로의 소원이 이루어지기를 바라는 간절한 마음이었다.

할아버지의 엄숙한 당부가 이어졌다.

"비가 올 때까지 지내는 게 기우제라. 이제부터 비님을 기다리고 또 기다려야 한다. 날마다 한 사람씩 이곳에 올라와서 기우제를 지내고 소원을 빌어야 한다."

아이들은 제물로 올렸던 떡을 한 덩이씩 받고 함박웃음을 웃었다.

금동굴을 찾아라

마을 사람들은 작은 창고를 지었다. 일본인들이 폭약과
장비를 그 안에 넣고 작업할 준비를 했다.

아래 윗동네 할 것 없이 아이들은 학교에 가는 대신 정자
마당으로 모여야 했다. 다들 얼굴에 허옇게 버짐이 피고 비
쩍 말랐다. 상급생들은 어제까지도 학교 운동장에서 가마
니 짜는 틀을 가져다 놓고 가마니 짜는 실습을 했다. 올 가
을에도 농사지은 쌀을 담아 일본으로 실어 갈 가마니였다.

"차라리 학교 안 가는 게 더 낫다."

"이것도 우리 걸 빼앗아 가는 기다."

"가서 못 찾으면 되는 기지."

아이들이 모여 웅성거렸다.

정문이 일본 지질학자와 무언가를 의논한 뒤에 아이들에
게 지시했다.

"금동굴이나 철광이나 옛날에 사용하던 곳이니까 굴 근처에 사람이 살았던 흔적이 보일 것이다. 아마 굴 입구가 허물어지거나 수풀에 싸여 잘 보이지 않을 수도 있다. 특히 쇠뜨기나 뱀고사리가 많은 곳 근처를 잘 찾아보면 금동굴이 있을 거다."

"쇠뜨기는 모래밭에 많은데?"

아이들이 아는 체를 하자 정문이 노려보았다.

"너희가 평소에 잘 안 가는 곳, 길이 아닌 곳으로 들어가야 한다. 알았나?"

정문은 아이들 기를 꺾으려고 알아들었냐며 버럭 소리를 질렀다. 그러고는 미리 준비한 사금파리를 한 조각씩 나누어 주었다.

"하얀 차돌이나 밤색 돌이 있는 곳을 찾아 이 사금파리로 긁어 봐라. 만약 그 안에 금이 있으면 금색으로 나올 것이다. 그 근처에 금동굴이 있을 수도 있다."

정문이 은근히 철광보다 금동굴을 강조했다.

아이들은 일본인들을 피해 눈짓하며 수군거렸다. 만약 무엇이든 찾는다면 진짜로 알려주어야 하느냐 그게 고민거리였다.

"당연히 알려주면 안 되재."

"그러면 우리를 가만두겠나?"

호문이도 답할 말이 없어 속을 태웠다.

마을 뒷산은 버섯을 따고 산나물을 뜯으러, 칡뿌리를 캐고 소나무 껍질을 벗기러 어른 아이 할 것 없이 오르내려서 그 속을 훤하게 다 알았다. 게다가 땔감으로 쓸 나무를 하느라 산 중턱까지 훤히 들여다보일 정도로 산이 헐벗었다.

"우리 할매가 뒷산 굴에는 함부로 들어가지 말라 캤는데 호랑이가 살고 있다고."

"맞다. 순이 할매가 얼마 전에 산나물 뜯으러 갔다가 호랑이 새끼를 봤다 카더라."

"야야, 요새 호랑이가 어디 있노? 일본 놈들이 다 잡아갔다 카더라."

아이들이 수군거렸다. 산에 있는 굴에 함부로 들어가면 큰일 난다는 이야기는 호문이도 들었다. 자칫하면 호랑이를 만난다는 이야기였다. 어쩌면 그것은 금동굴을 보호하기 위해 만든 것인지도 몰랐다.

"자, 여기서부터 두 명씩 짝을 지어서 올라가라. 게으름 피우지 말고."

정문이 아이들을 채근하며 소리쳤다.

마을은 높은 토곡산과 함박산, 오봉산 능성이로 둘러싸여 있는데 골짜기가 할머니 치마폭처럼 풍성하게 펼쳐져 있다. 이곳에서 금동굴과 철광을 찾는 것은 모래밭에서 바늘을 찾는 것과 같았다.

하얀 함박나무 꽃이 피어 꽃등을 켠 듯 온 산을 환하게 밝혔다. 아이들은 동굴을 찾으러 산비탈을 오르내렸다. 호문이도 골짜기 바위틈을 누비며 조심스럽게 훑어보았다.

"동굴이다!"

어디서 아이들이 외치는 소리가 났다. 어디? 어디? 다들 소리 나는 쪽으로 몰려갔다. 암벽으로 된 작은 동굴인데 겉으로 보니 그럴 듯했다.

"조심해라. 금개구리가 놀라서 튀어 달아날라."

동굴 안은 네댓 사람이 들어갈 정도인데 굴 안은 그다지 깊지 않았다. 자세히 살펴보니 동굴 바닥에 까만 산양 똥이 흩어져 있다.

"에이, 산양들이 비를 피하는 덴가 보다."

휴우, 호문은 남몰래 안도의 숨을 내쉬었다.

"무슨 일이 있어도 철광은 숨겨야 한데이."

호문이 갑수와 아이들에게 급하게 속살거렸다.

그런 작은 동굴은 몇 개가 더 나타났다. 하지만 산을 샅샅이 뒤져도 금동굴이나 철광은 나오지 않았다. 아이들은 주먹밥 한 덩이를 먹고 허기진 채로 길도 없는 산기슭과 골짜기를 종일 누볐다.

며칠 째 허탕을 쳤다. 날씨는 갈수록 더워졌고 지루했다.

호문이 터덜터덜 산을 내려오는데 타작마당에서 장군이 울부짖는 소리가 났다. 할아버지 목소리도 들렸다. 동네 사람들이 아우성을 치고 있고 일본군 트럭이 마을을 내려가고 있었다.

'무슨 소동이 났나?'

호문이 달려갔을 때는 트럭 꽁무니에 먼지가 자욱하게 구름처럼 일어났다.

"성님아, 장군이를 끌고 갔다. 우야노?"

동생이 일러주었다.

"장군아, 장군아! 으와앙."

호문은 소용없는 줄 알면서도 트럭 뒤를 따라 달렸다. 장군이 목이 쉬도록 짖는 소리가 들렸다. 트럭이 더 이상 보이지 않게 되자 그만 길바닥에 주저앉아 울었다. 정문이 따라와서 호문을 일으켰다.

"할아버지가 사정했지만 소용없었다. 나도 힘없다."

"누가 장군이를 고자질했노?"

호문은 정문이 멱살을 부여잡고 악다구니를 부렸다.

"마을에 일본인들이 수시로 들어오니까 아무리 조심해도 들키는 건 당연하재. 진즉에 뭐라도 하나는 내줬으면 이런 일이 없었지."

정문은 오히려 큰 소리를 쳤다.

"타다요시는 우리가 숨기고 있다고 생각한다. 까딱하다가 마을 사람들한테 해코지를 할까 봐 걱정이다. 종손 노릇을 제대로 해야재. 집안과 마을에 화가 닥치는 걸 그냥 보고만 있을 끼가?"

정문이 호문의 마음을 콕콕 찔렀다.

호문은 심하게 떨렸다. 제천단에서 사명을 받을 때 들었던 말로 된 지도를 되새겨보았다.

치맛주름이 가장 깊은 곳에 금굴이
그 속에 금개구리 여섯 마리 밤이면 우는데

비와 함께 어스름이 내리는 밤이면 산에서 우울우울, 뭔가가 우는 소리가 들렸는데 얼토당토않게 그 소리는 개구리 우는 소리라고 전해져 왔다. 호문이도 몇 번인가 신기한 그 소리를 들은 적이 있었지만 요즘은 통 소리를 듣지 못했다.

호문이 눈을 감으면 바위와 나무로 덮인 동굴 그림이 떠올랐다. 그러나 그곳이 어느 골짜기에 있는지는 알 수 없었다.

호문은 끝까지 스스로 해결하려고 했다. 할아버지를 힘들게 하고 싶지 않았다.

"할아버지, 치맛주름이 가장 깊은 곳은 어디일까예?"

하지만 자신도 모르는 새 물어보고 말았다.

"산에는 크고 작은 골짜기들이 많다. 마치 치마를 펼쳐놓은 듯 주름진 곳은 골짜기의 모습과 비슷하재. 주름이 깊은 곳은 깊은 골짜기를 말할 터. 내도 궁금하긴 했지만 신령한 곳이라 오히려 발걸음으로 더럽히지 않으려 했재."

할아버지는 빙빙 대답을 둘러갔다.

"함박산 골짜기는 대부분 다 훑었는데 아무래도 토곡산 쪽인 것 같습니더."

할아버지는 끄응 신음 소리를 내며 돌아누웠다.

호문은 머릿속으로 지도를 그렸다. 토곡산은 작은 금강

산이라고 불렀다. 산세가 험하고 골짜기와 암벽이 많은 데다 산이 깊었다. 특히 함박산과 토곡산이 만나는 곳에 험하기로 이름난 독사골이 있다.

그곳은 도토리와 영지버섯이 지천이다. 어느 해에 독사를 때려잡으며 산을 오르던 동네 아재가 독사에 물려 두 달이나 누워서 고생을 했다. 게다가 여러 사람이 바위에 넘어져 머리를 다치거나 다리가 부러졌다. 그 바람에 사람들은 그 골짜기에는 잘 올라가지 않았다.

호문은 날이 밝자 개울 건너 앞산으로 방향을 잡았다. 오른쪽 산비탈을 한참 타올라서 독사골 쪽으로 올라갔다.

계곡은 나무 그늘이 져서 어두컴컴했다. 길은 아예 없어져버렸다. 도리 없이 계곡으로 올라가야 했다. 바위틈에는 지난 가을에 떨어진 도토리들이 나뒹굴었다. 개울가에는 저절로 자란 꽃무릇 잎이 무성하게 피었다. 으름덩굴에 감싸인 나무들이 죽어 쓰러져 널브러져 있다. 돌너덜길이 끝나자 나무와 풀에 덮여서 길이 보이지 않았다. 길을 만들면서 조금 더 올라가니 구들을 깐 것 같은 편평한 터가 나타났다.

"사람이 살았다!"

호문의 입에서 탄성이 터져 나왔다. 근처에서 돌을 쌓아 만든 작은 우물도 찾아냈다. 나뭇잎을 걷어내니 금방 물이 고여 들었다. 오래전에 사용했던 흔적이 느껴졌다.

　　호문은 가만히 산세를 둘러보았다. 가팔라서 그렇지 높이는 그다지 많이 올라온 것은 아니었다. 금동굴이든 철광이든 발견하면 할아버지의 옛날이야기들은 다 살아나게 될 것이다. 호문이 받은 사명들도 사실로 입증될 것이다.

호문은 간절한 마음으로 주변을 훑어보았다. 유난히 커다란 바위가 촛대처럼 불쑥 솟아 있다. 겉에서 보면 바위로 막힌 것 같았다. 그 바위 아래를 돌아가는 길이 나타났다. 태풍이 몰아치듯 마음이 요동치기 시작했다.

'동굴이다!'

바위틈에서 자란 나무와 풀들이 입구를 가리고 커다란 소나무가 옆으로 누워 그 앞을 가로막고 있다. 언뜻 보아서는 동굴인지 알 수 없었다. 호문은 선뜻 굴 안으로 들어가지 못하고 목이 타서 침을 삼켰다. 그러나 이내 정신을 차리고 땅에 넙죽 엎드려 절을 했다.

　"만약 지금이 때라면, 보여주소서! 하지만 우리는 지킬 수 있는 힘이 없습니다. 금개구리님들, 어서 피하십시오."

　호문은 한참 무릎을 꿇은 채 눈을 감고 기다렸다. 주위는 내리쬐는 햇볕 소리도 들릴 만큼 고요했다.

　"이제 허락하시면 안으로 들어가겠습니다."

　호문은 조심스럽게 굴 안으로 들어섰다.

　몇 걸음 들어가자 눈앞이 캄캄했다. 호문은 주머니를 뒤져서 초동가리를 꺼냈다. 이런 때를 대비해서 누나가 하나꼬 집에서 얻어온 것을 주머니에 넣어 다녔다. 손가락 두 마디쯤 되는 초동가리와 성냥통에서 화약이 묻은 부분을 잘라서 성냥개비 몇 개와 함께 싸서 가지고 다녔다.

　잠시 후 동굴 안이 희미하게 밝아졌다. 굴 안쪽 벽에 날카로운 송곳 같은 것으로 그린 그림이 그려져 있었다. 자세히 보니 이야기를 담고 있다.

강에는 배가 떠 있다. 커다란 돛이 여러 개 달린 외국배도 보였다. 금개구리 여섯 마리를 왕에게 바치는 사람들, 그 사람들의 발아래에는 삽살개가 앉아 그 모습을 지켜보고 있다.

전설은 살아 있다! 조상의 온기가 만져질 듯 다가왔다.

삽살개는 조상들이 기르던 개였다. 할아버지가 장군이를 그토록 소중하게 여기던 까닭이었다. 신비하고 신기했다. 장군이 더욱 그리워졌다.

"전설은 전부 다 거짓말이재?"

솔밭에서 기다리고 있던 정문이 빈정거렸다. 호문은 혹시 마음을 들킬까 일부러 눈길을 피했다.

"타다요시와 그 일당들은 가야 유물을 찾아다니느라 혈안이 되었다. 고분을 강제로 발굴하거나 근처에 사는 사람들을 매수해서 유물을 모으고 있어. 창녕에서는 고분을 발굴하여 유물을 트럭으로 싹 쓸어냈다더라. 고령에서는 고분에서 발굴한 유물이 너무 많아서 기차로 실어낼 정도였다나. 이제 남은 것은 가야 철광이다."

"그걸 다 알면서 타다요시를 따라다니나?"

"이제는 금이고 철이고 모든 게 우리 것이 아니다. 이런 말은 안 할라 했는데 마을 사람들이 다칠까 봐 걱정이다. 이웃 동네에는 열세 살 된 머슴아도 끌고 갔다던데. 너도 네 친구들도 다 위험하다. 내도 마찬가지고."

정문은 마을에 닥칠 재앙을 넌지시 암시했다.

"열세 살짜리도?"

호문은 열네 살이었다. 갑수는 열여섯이고 아랫마을에는 그 또래가 몇 명 더 있었다. 힘없고 가난한 산골 마을의 아이들을 아무도 보호해 주지 않을 것이다. 아버지와 마을 어른들이 보국대[2]라는 명목으로 끌려갈 때도 어디에 하소연할 곳이 없었다. 호문은 두 주먹을 불끈 쥐고 입술을 잘근 잘근 씹었다.

"니도 알다시피 증조할아버지는 함부로 범접할 수 없는 힘을 갖고 있다. 넌 십 년 가까이 증조할아버지 품에서 자랐고 증조할아버지의 분신이라고 할 수 있재. 니도 뭔가 종손의 능력이 있을 끼다, 그걸 보여주라."

정문은 뭔가를 기대하고 있었다.

호문은 혼자 고민하다가 잠자리에 들었다.

"할아버지, 독사골 중턱에서…. 우짤까예?"

슬며시 이야기를 꺼냈다.

"니 낯빛을 보고 그런 줄 알았다. 거꾸로 생각하면 금덩어리라도 내주고 젊은이들을 구할 수 있다면 귀한 일이다. 조상들도 나무라시지 않을 끼라. 니는 아무 걱정 말그라."

할아버지는 생각보다 담담하게 말했다. 그래도 속이 타는지 일어나 담뱃대에 담배를 재우고 불을 붙였다.

할아버지는 정문을 불렀다. 독사골로 올라가면 금동굴이 있다며 위치를 알려주었다. 행여 호문이 다칠까 염려하여 직접 나서지 못하게 했다.

정문은 금동굴을 바쳤으니 타다요시가 이 마을은 강제 동원령으로 사람들을 차출하는 데서 빼줄 거라고 큰소리를 쳤다. 호문은 그나마 마을 사람들을 구할 수 있다는 핑곗거리를 댈 수 있어서 위안을 받았다.

누나를 구하려고

호문은 모든 것이 시들했다. 저녁이면 장군이 죽담 앞에 앉아 있는 것 같아 말을 걸기도 했다. 장군을 찾으러 마루 밑을 들여다보기도 했다. 넋이 빠진 듯 멀거니 앉아 있는데 저절로 눈물이 주르르 흘렀다.

"뭐 하십니꺼?"

할아버지가 마루 밑에 기다란 작대기를 넣어서 장군의 털 뭉치를 꺼냈다. 장군은 워낙 털이 길고 풍성해서 여기저기 굴러다니는 털 뭉치가 제법 되었다.

"이걸 들고 따라오너라."

할아버지는 호미를 들고 앞서 나갔다. 호문은 장군의 털 뭉치를 두 손에 안고 뒷산으로 따라갔다. 소나무 아래에 호미질을 해서 작은 구덩이를 만들었다. 장군의 장례식을 하는 것이다.

"장군아, 장군아."

호문이 장군의 털을 어루만지며 흐느꼈다. 할아버지가 구덩이에 장군의 털을 넣고 흙을 덮었다.

"이제 잊어버리자. 장군은 집안의 개라서 지키려고 했는데 이제 대가 끊어지고 말았다. 사람도 죽고 사는 마당에 어쩌겠느냐?"

할아버지가 호문의 등을 다독거렸다.

아이들은 다시 학교로 갔고, 어른 작업부들이 금동굴 탐색을 시작했다. 타다요시와 일본인들이 오고 조선 일꾼들도 요란스럽게 산을 오르내렸다.

그러나 금동굴은 텅 비어 있었다. 일을 마치고 온 아재들이 허탈한 모습으로 할아버지에게 보고했다.

"금개구리는 고사하고 금개미도 안 나왔습니더. 이미 옛날에 금을 다 채굴해 간 것 같다네예. 금맥이 쬐금 있지만 그 양이 너무 적어서 캐내도 고생만 하고 수지가 안 맞는다 합니더."

그래도 타다요시는 포기하지 않고 동굴과 근처를 샅샅이 뒤지라고 했다.

"오늘은 굴을 더 파 들어갔는데 아래로 깊은 낭떠러지가 있어 더 이상 들어갈 수가 없었습니더."

"아래 물이 보이는데 얼마나 놀랐던지, 우리끼리 아마 그 물이 강으로 연결되었을 끼라고 생각했습니더."

그렇게 아슬아슬하게 작업이 진행되던 어느 날, 사고가 나고 말았다. 오래된 금동굴이 허물어져 내렸다. 놀라서 그대로 튀어나온 사람도 있지만 몇 사람은 흙더미에 깔리고 말았다. 밤새 돌덩이를 들어내고 구조했지만 아랫마을 아재가 그대로 묻히고 말았다. 다른 두 사람은 다리를 심하게 다쳐 병원으로 갔다.

타다요시는 사고에 대해서 책임을 지지 않았다. 아무런 변상도 하지 않았고, 아예 나타나지 않았다. 초상을 치르는 동안 마을 사람들은 분노했다. 하지만 어른들은 일본인들을 두려워했고 마을에 남은 남자도 몇 되지 않아 저항할 힘도 없었다.

금동굴 찾기는 한바탕 소동으로 끝나고 일본인들은 썰물처럼 빠져나갔다. 각종 장비와 폭약을 보관하는 창고는 커다란 자물쇠가 채워지고 흉물스럽게 버려졌다.

할아버지와 어른들은 수심이 가득했다. 호문이도 은근히 불안했다. 문제는 순순히 포기할 타다요시가 아니라는 것이다.

일본 순사들은 슬슬 마을을 압박해왔다. 겨우 모내기를 끝내고 벼가 논바닥에 뿌리도 내리기 전인데 벌써 공출을 독려하는 깃발을 걸어놓았다.

작년 가을에도 집집마다 할당된 양만큼 나락을 공출로 다 냈다. 그러나 그 양이 적다며 더 내라고 했다. 마을에 들이닥쳐서 집집마다 뒤져서 나오는 것은 무조건 빼앗아 갔다. 기다란 쇠몽둥이를 들고 마당이나 집 안을 두드려보면서 텅텅 소리가 나는 곳을 찾았다. 그 속에 감추어 둔 양식이 있다는 것을 용케 알고 다 빼앗아 갔다.

큰아버지는 부엌 문턱 앞에 작은 항아리를 묻었는데 제아무리 귀신 같은 일본 순사라 해도 꿈에도 생각하지 못할 자리였다. 그나마 그것도 다 먹어치웠다. 다행히 보리 추수가 끝난 뒤라 보리쌀과 시래기를 넣어 죽을 쑤어서 먹었다.

호문은 난데없이 교장실로 불려갔다. 뜻밖에도 사고 이후 마을에 나타나지 않던 타다요시가 기다렸다. 노다지를 찾아 꿈에 부풀었던 그는 실망이 이만저만이 아니었다. 타다요시는 먹이를 움켜잡으려는 삵처럼 호문을 노려보았다.

"금동굴을 네가 찾았다지?"

타다요시는 잠시 뜸을 들인 뒤에 말을 꺼냈다.

호문은 심장이 멎는 것 같았다. 눈이 마주치지 않도록 고개를 숙였다.

"그기, 그기 아니고…."

호문은 영문을 몰라 말을 잇지 못했다.

"그러면 누구? 너의 할아버지? 아니면 다른 친구?"

"제가, 제가 어쩌다 보니 찾았습니다."

"그렇다면 철광도 못 찾을 이유가 없지 않나? 너는 집안을 이어받을 종손이라면서? 그건 아주 특별한 능력이고 권한이라고 들었다. 정문이는 하고 싶어도 못한다면서?"

타다요시가 대화 상대도 안 되는 아이를 찾아온 이유는 한 가지였다.

"가야는 일본에 덩이쇠를 수출했다. 바로 낙동강 하류에 있는 바다에서. 학자들은 가야에 철광이 있을 거라고 한다. 이곳은 가야와 신라의 접경지역으로 자주 전쟁이 일어났다. 왜? 철광 때문에. 그 철광 속에는 막대한 양의 철이 있었거든. 가야가 항복하는 걸 반대한 세력들은 훗날을 도모하며 그 철광을 감추어 두었다고 한다."

호문은 바짝 긴장한 채 아무런 반응을 하지 않았다.

"내가 원하는 건 철광이다. 기다리마."

타다요시는 자신의 위협이 먹히기를 바랐다. 호문은 저절로 몸이 오들오들 떨렸다. 마음 한편으로는 할아버지가 아닌 자신을 괴롭히는 게 다행이라고 생각했다.

호문은 터덜터덜 걸어서 집으로 향했다.

하늘도 마음처럼 구름이 잔뜩 몰려들었다. 툭 투두둑 빗방울이 나뭇잎을 때렸다. 바싹 마른 땅에서 흙먼지가 피어올랐다. 울고 싶은데 빗방울이 굵어지더니 한바탕 내리 퍼부었다. 호문은 제 눈물 같은 비를 맞으며 집으로 돌아왔다.

동생 호영이 집에 있는 크고 작은 그릇을 꺼내 빗물을 받고 있었다. 어른들은 다들 들판에 나가 비를 맞으며 논물을 가두고 산비탈에 다듬어 둔 밭을 돌보고 있었다.

할머니가 호랑이를 만난 것처럼 벌벌 떨며 집으로 들어섰다.

"가난하고 힘없는 시골 동네 처녀들을 조요에 뽑아간다더라. 저 안동네에는 열여섯 살짜리 처녀도 끌리갔단다."

"조요가 뭡니꺼?"

"살림이 어려운 집 처녀들을 고무 공장이나 군복 공장에 취직시켜 준다며 데려갔는 기라. 알고 보니 그게 전쟁터에

델꼬 가서 군인들 여자로 주는 기라. 마을마다 어린 처녀들까지 혼인을 시킨다고 난리가 났다. 느그 누나는 어짜노?"

"호정이는 부산에서 일하고 있으니 문제없을 겁니더."

새어머니는 대수롭지 않게 넘기려고 했다.

"그래도 께름칙하다. 호정이도 시집을 보내야겠다."

할머니가 애가 달아서 동동거렸다.

"안 됩니더. 호문이 아버지도 없고, 큰딸은 집안 재산이라는데, 인자 한창 일을 해서 돈을 벌어줘야지요. 동생들 핵교도 보내야 하고…."

새어머니가 여러 가지 이유를 대며 반대했다.

'나 학교는 어쩌지? 누나가 월사금을 줬는데? 난 큰집에서 밥을 먹지만 호영이는 또 메밀개떡을 먹게 될 텐데?'

호문이도 새어머니와 같은 걱정이었다. 누나가 번 돈으로 월사금 걱정 없이 학교에 다녔다. 새어머니는 쌀 대신 끼니를 때울 요량으로 산비탈에 메밀을 많이 심었다. 메밀 가루로 개떡을 만들었다. 호영이 그걸 많이 먹고 똥을 못 누어서 낑낑거렸다. 도리 없이 마당에 동생을 엎어놓고 나뭇가지로 똥을 파내다 보면 똥구멍이 찢어지기도 했다.

누나가 시집가면 다시 똥구멍 째지게 가난한 생활을 해야 한다.

"우리 호정이를 저 흉악한 놈들에게 줄 수 없다. 호문아, 누나 있는 데를 안다캤재? 가서 델꼬 온나."

순간 호문은 정신이 번쩍 들었다. 타다요시가 그대로 있지 않을 것이다. 누나는 마치 호랑이 굴속에 있는 생쥐나 마찬가지였다.

"어무이, 누나를 시집보내야겠습니더."

"뭐, 뭐시라꼬?"

새어머니는 놀라서 눈을 크게 떴다. 남편 대신 호문을 의지해 왔다. 호문이 어린 동생을 잘 돌봐주어 고맙고 든든했다. 섭섭하지만 호문의 생각이라면 더 이상 반대할 수가 없었다.

"제가 가서 누나를 데리고 오겠습니더."

"참말이가? 그라믄 느그 누나를 살릴 수 있다."

그제야 할머니는 마음을 놓았다.

호문은 주먹을 불끈 쥐고 달려 나갔다. 산에서 밀어주는 바람을 등에 받으며 단숨에 달렸다. 몸이 날쌔고 재빨라서 고라니처럼 가볍게 달렸다.

'만약 누나가 따라오지 않겠다면 어쩌지?'

막상 하나꼬 집이 가까워지자 걱정이 됐다. 초인종을 누르니 문을 열어준 것은 뜻밖에도 리에였다. 호문은 당황해서 인사를 하며 머뭇거렸다.

"어휴, 땀 봐. 어서 들어와요."

"누나는 어디 갔습니꺼?"

호문은 집 안으로 들어가지 않고 다급하게 물었다.

"영화 본다고 하나꼬와 부산에 갔어. 곧 올 때가 된 것 같은데."

영화를 본다고? 세상이 어떻게 돌아가는 줄도 모르는 누나가 한심스러웠다. 시간이 좀 걸리는 건 문제가 아니었다. 할머니는 호문이 부산까지 가서 누나를 데리고 오는 줄 아니까 당연히 늦는 줄 알 것이다.

리에가 안으로 들어오라고 했지만 호문은 고집스럽게 사양했다. 타다요시 집에 들어가는 것은 오물통에 빠지는 것 같아 몸을 도사렸다. 잠시 역에 가서 기다릴까도 생각했다. 그러나 길이 엇갈릴지도 몰라 소맷부리로 땀을 닦으며 대문 앞을 서성거렸다.

"호짱, 좀 도와주세요."

잠시 후 리에가 대문을 열고 불렀다. 호문은 하는 수 없이 마당으로 들어갔다. 리에는 화단을 살피며 종려나무 잎과 장미꽃, 꽃망울이 맺힌 수국을 잘라냈다.

정원에는 이름 모를 꽃들이 화려하게 피고 연못 속에는 잉어가 헤엄을 쳤다. 연못 옆에는 앙증맞은 석탑이 자리했다. 담장 쪽에는 잎이 무성한 비파나무가 섰는데 살구만한 열매가 노랗게 익었다. 이 집은 별세계 같았다.

그런데 리에의 얼굴에는 깊은 그늘이 서려 있었다. 가끔씩 애잔한 눈빛으로 호문을 바라보기도 했다.

호문은 리에가 잘라낸 꽃가지들을 한곳으로 모았다. 꽃송이들이 다치지 않도록 조심스럽게 두 팔로 안아 옮겨주었다. 리에는 꽃잎을 따내고 꽃을 다듬어 화병에 꽂았다. 바닥에는 잘라낸 줄기와 잎이 수북이 쌓였다. 호문은 그것을 들어서 화단 안쪽에 버렸다.

"호짱, 고마워요. 힘들었을 텐데 이리 와서 먹어요."

리에는 쟁반을 건네주고 들어갔다.

호문은 얼떨결에 받아 들고 잘 먹겠다는 인사를 했다.

쟁반에는 물과 구운 찰떡과 꿀 접시가 놓여 있었다. 호문은 천천히 물을 마셨다. 떡을 꿀에 찍어 자신도 모르게 허겁지겁 먹었다. 단맛에 기분이 밝아졌다. 리에가 다시 나오자 호문은 빈 접시를 보고 부끄러워서 얼굴이 달아올랐다.

호문은 꾸벅 고개를 숙이며 잘 먹었다는 인사를 했다.

그때 하나꼬와 누나가 돌아왔다.

"집에 무슨 일이 생겼나?"

누나가 호문의 낯빛을 보고 걱정하며 물었다.

"하, 할무이가 많이 아프다. 누나를 꼭 봐야겠다고 해서."

호문은 거짓말이 들킬까봐 눈을 마주치지 않았다.

"어디가? 우찌 아픈데?"

"그기, 그냥 아무것도 못 먹고 죽을라칸다. 죽기 전에 누나 얼굴을 보겠다고."

호문의 연기는 서툴렀다.

리에는 허둥거리는 누나 대신 짐을 챙겨주었다. 누나는 금방 돌아올 것이라며, 주일에는 교회에 가야 한다며 짐을 자꾸 덜어냈다. 그러나 리에는 말없이 옷가지와 양과자, 상비약을 챙겨서 보퉁이를 꾸려주었다.

"호정, 행복하게 잘 살아요."

리에는 아마 누나가 다시는 돌아오지 못할 것을 아는 것 같았다.

"왜 그런 말을? 금방 올 겁니더."

누나는 빨리 오겠다며 몇 번이나 약속을 했다. 대문을 나올 때 하나꼬는 누나 손을 잡고 팔에 매달리며 배 속이 오글거릴 정도로 간살맞게 굴었다.

"하나꼬. 언니가 빨리 올 끼다. 리에상, 밥 잘 먹으세요."

호문은 몸을 돌려 걸었다. 누나가 한 번만 더 물으면 금방 바른 말을 할 것 같아서였다. 점점 길어지는 해가 산봉우리에 걸려 있는데 오늘따라 뻐꾸기가 구슬프게 울었다. 누나는 커다란 보따리를 머리에 이고 호문을 따라잡으려 바쁘게 걸었다. 그러다 개울가에서 잠시 앉아 쉬었다.

"타다요시가 동네에 와서 억수로 지독하게 했다. 리에상도 믿지 마라."

호문이 뼈 있는 말을 했다.

"리에상는 타다요시하고 다르다. 일본에서 너무 가난하게 살았고 쌀밥을 못 먹어봤다더라. 일본은 지진이 자주 난다더라. 지금도 리에상은 땅이 노해서 쩍쩍 갈라지고 집과 사람이 다 땅속으로 들어가는 꿈을 꾸는데…."

누나는 리에 말을 하며 눈물을 그렁그렁했다.

"리에상은 밥을 굶는 조선 사람들한테 쌀도 나눠주고, 회충약이나 옥도정기(소독, 진통, 소염에 쓰이는 외용약), 소화제

같은 것도 나눠준다. 저번에 어떤 아이가 화상 입었는데 화상 연고도 구해줬다."

누나는 리에를 두둔하는 말을 했다.

"그만해라. 제대로 뭘 알지도 못하면서."

호문은 소리를 빽 지르고는 앞장서서 달려갔다.

누나는 할머니를 부르며 대문으로 들어섰다. 할머니는 수건을 머리에 동여매고 누워서 누나가 방문을 열고 들어올 때까지 기다렸다. 많이 아픈 시늉을 하며 일어나지도 않았다. 밤이 되자 누나를 데리고 자면서 조곤조곤 타일렀다. 누나는 시집을 가지 않겠다고 버티다가 바락바락 달려들기까지 했다. 호문은 누나를 밖으로 불러냈다.

"내 마루에 앉아 다 들었다. 할머니 말씀대로 시집가라. 시집 안 가더라도 하나꼬 집에는 못 가게 할 끼다."

"그러면….."

"내 월사금이 없어서 학교 못 가도 괜찮타. 누나는 세상 물정을 모른다. 일본 놈들이 청년이며 일할 만한 사람들은 다 잡아갔다. 이제는 시골 처녀들까지 전쟁터로 끌고 간단다. 그게 일본 놈들이다, 알겠나?"

호문이 정색을 하고 말했다. 누나는 원망스러운 눈빛으로 호문을 바라보았다.

"어른들이 누나 그 집에 있는 걸 알면 다리몽댕이를 분지를지도 모른다."

"나는 교회 댕길라꼬 거기 있는 기다."

"나는 집안 사람들을 돌볼 의무가 있다. 특히 누나는."

"니, 요새 진짜 많이 컸데이."

호문이 어른 노릇을 하려는 것을 보고 누나는 당황해했다.

"난 꿈이 있는데 원치 않는 혼인을 해야 하다니! 니는 이 촌구석에서 사는 게 어떤지 안다아이가? 난 멋지게 살고 싶었는데."

누나가 찬송가를 부르면 연잎에 아침이슬이 또르르 구르는 듯 맑고 아름다웠다. 하나꼬네 집에서 마음껏 교회를 다니고 옷 만드는 기술을 배우면서 행복해했다.

"어물거리다가 험한 일을 당하는 것보다 낫재?"

호문이도 누나의 꿈을 모르는 바는 아니었다. 누나가 울고불고했지만 어쩔 수 없었다. 억지로 혼인을 해야 했다.

누나는 시집가기 전날 호문이 걱정되어 타일렀다.

"니도 할아버지 옆에 찰거머리처럼 붙어 있지 마라. 세상에는 억수로 멋지고 재미있는 일이 많다. 학교 잘 다니고 일본말도 영어도 열심히 공부해라."

"내 걱정은 마라."

누나는 잠시 망설이다가 어렵사리 말을 꺼냈다.

"엄마 생각이 많이 난다."

"누나는 엄마가 물에 떠내려가는 거 봤나?"

"그날 비가 많이 와서 갑자기 하천에 물이 불어났다. 엄마가 건너편 산등성이 삼밭에서 일을 하다가 비가 쏟아지고 날이 어두우니 내려왔재. 마음이 급해서 계곡을 퍼뜩 건너려다 물살에 쓸려갔다. 나는 칭얼대는 니를 등에 업고 엄마를 기다리다가 그 소식을 들었다. 그날 저녁부터 엄마가 집에 돌아오지 않았다. 흔적도 없이."

누나는 눈시울이 뜨거워졌다.

"어무이가 나 만나면 알아볼랑가?"

"하몬, 자식을 못 알아보는 엄마가 어디 있노? 니 젖도 안 뗐고 맨날 어무이 젖 만지고 잤다아이가. 엄마는 하늘나라에서도 니를 지켜줄 끼다. 아무 걱정 마라."

누나는 치맛자락으로 눈물을 찍어냈다.

호문은 누나와 엄마 이야기를 하면서 마음이 따뜻해졌다.

"내 대신 리에와 하나꼬한테 가봐라. 부탁한데이."

우여곡절 끝에 누나는 할머니가 짜준 모시, 삼베, 무명한 필씩을 가지고 시집을 갔다. 이 일은 불과 보름 만에 일어난 일이었다.

　누나가 시집가는 것은 섭섭했지만 그나마 이웃 동네로 가서 다행이었다. 자형은 천식이 심해서 기침을 많이 했다. 병약해서 징용은 피했는데 나락 네 말을 받고 동네에서 머슴살이를 했다.

가야 유민의 후손

호문은 학교 수업을 마치고 하나꼬 집에 들르기로 했다. 누나가 소식을 전해달라고 부탁을 했으니 딱 한 번만 가볼 생각이었다. 누나에게 빨리 오라던 하나꼬의 모습이 떠올랐다. 이상한 것은 그들을 만날 생각을 하니 가슴이 두근거렸다.

초여름 햇살이 따가웠다. 호문은 마을 우물에서 우둑우둑 세수를 했다. 목덜미까지 땀을 씻었다. 후줄근한 바짓가랑이도 털고 목소리도 가다듬었다. 땀을 흘리지 않으려 여느 때처럼 달리지 않고 천천히 걸었다. 하나꼬 집 앞에 섰을 때는 얼굴과 목덜미의 물기가 말라 보송했다.

하나꼬네 2층 유리창에는 맑은 하늘과 하얀 구름이 흘러가는 풍경이 고스란히 담겨 있었다. 호문이 심호흡을 하며 초인종을 누르려 할 때였다. 안에서 고함 소리가 났다.

놀란 호문은 재빨리 골목 안으로 들어가 담장 아래서 엿들었다.

"왜 그 계집애를 보냈어? 내 허락도 없이!"

"할머니가 많이 아파서 간병하러 보냈어요."

"그건 거짓말이야, 네가 미리 빼돌렸지?"

"그 애를 어쩌려고요? 우리가 데리고 있던 불쌍한 아이인데. 제발 조선인들에게 악하게 하지 말아요. 우리는 같은 형제예요."

타다요시와 리에의 목소리였다.

잠시 후 대문이 벌컥 열리고 타다요시가 벌건 얼굴로 나왔다. 그는 화를 삭이지 못해 씩씩거리며 지프차를 타고 어디론가 갔다.

호문은 아찔했다. 간발의 차로 타다요시 손에서 누나를 구한 것이었다. 얼이 빠져서 그대로 가려고 했다. 그런데 학교에서 돌아오던 하나꼬와 눈이 마주쳤다. 둘은 서로 놀라서 멈칫했다.

"다음에 오겠습니다."

"괜찮아요. 들어오세요."

집안 상황을 모르는 하나꼬가 몸을 돌려 안으로 들어갔다.

호문은 마당 안으로 들어가 대문을 닫았다.

"날마다 날마다 언니 기다렸어."

누나를 기다리다 지친 하나꼬가 투정을 부렸다. 원망스러운 눈에는 눈물이 가득했다. 호문은 뭐라고 말해야 할지 몰라 쩔쩔맸다.

"하나꼬. 손님에게 실례다."

밖으로 나온 리에가 부드럽게 하나꼬를 말렸다.

"연락을 못해 미안합니다. 누나는 집안 어른들의 뜻에 따라 혼인을 했습니다."

"아, 혼인을? 그렇게 갑자기?"

하나꼬가 놀라서 호들갑을 떨었다.

"잘했어요. 멀리 갔나요? 선물도 못했는데….”

리에는 아쉬워했지만 오히려 안심하는 눈치였다. 리에는 호문에게 안으로 잠시 들어오라고 했다. 하지만 호문은 정중하게 거절하고 마당에서 돌아서려 했다.

"호짱, 특별히 할 말이 있습니다."

리에가 호문의 눈을 바라보며 간절하게 말했다. 하나꼬가 호문의 팔을 잡아끌었다. 빨리 이 집을 떠나야겠다는 마음과는 달리 호문은 자석에 끌리 듯 집 안으로 들어갔다.

거실에는 일본 인형과 신기한 물건들로 가득차 있었다. 한쪽 벽에는 말로만 듣던 벽난로가 큰 입을 벌리고 있고 풍금과 축음기도 보였다. 장식장 안에는 비단 기모노를 입은 가부키 인형들과 사무라이 인형이 눈길을 끌었다. 거실 한쪽에는 신단이 차려져 있었는데, 그 앞에는 촛불을 켜고 마당에서 꺾은 꽃으로 장식을 해 놓았다.

리에가 섬기는 신을 보는 순간 낯이 익었다. 리에는 그 앞에 자세를 가다듬고 앉았다. 떨떠름한 표정으로 서 있던 호문이도 그 옆에 앉았다.

"이분은 우리 할머니의 할머니, 할머니의 할머니입니다. 아주 오랜 옛날 가야는 왜나라에게 친구였어요. 문물을 전파하고 좋은 선생님을 보냈대요. 가야에서 손님들이 오는 날은 왜나라에서 잔치가 열렸대요."

리에는 진지하게 이야기를 시작했다.

"가야에서는 왜나라에 덩이쇠를 수출했어요. 가야인들은 왜나라에 철을 다루는 기술을 알려주러 갔어요. 우리는 그 사람들의 후손입니다. 우리는 그곳에서 마을을 이루고 살았어요. 우리 할머니는 조상들에게 제사를 올리는 일을 했어요."

"그래서 뿌리가 같다는 말을…."

호문은 그제야 그 말뜻을 이해했다.

"제철 기술자들은 환대받았어요. 가야인들은
사금제조 기술을 일본에 전했고 타타라, 라는
일본도를 만드는 기술에 기여했지요. 그러나
가야 유민을 우대했던 사람들이 죽고 나자
후대들은 그 공로를 잊어버렸어요.
우리는 가야 마을을 만들어 살면서
고향을 그리워했어요.

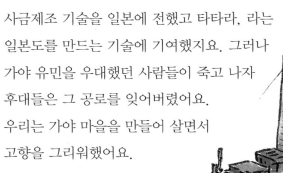

그래서 물금에 왔을 때 마치 고향에 돌아온 것 같았어요. 강과 들, 아름다운 산들이 품에 안아주었어요."

리에가 호문의 손을 잡는데 불길이 닿는 것처럼 뜨거웠다. 리에 가문은 그곳에서 역사를 전하는 일을 해왔고, 리에가 그 일을 이어받은 듯했다.

"우리를 친구로 받아주세요."

리에가 간절하게 호소했다.

침묵이 흘렀다. 호문은 마음이 슬펐다. 나라를 잃고 멀리서 떠돌다가 고향에 돌아왔다는 그들의 아픔이 느껴졌다. 하지만 그들은 침략자와 약탈자로 왔다.

호문은 답하기가 어려웠다. 이 상황에서 일본인들을 믿을 수 없었다. 더욱이 타다요시를 생각하면 섣불리 경계의 끈을 놓을 수 없었다.

그들을 뿌리치고 호문은 냉정하게 일어섰다. 그런 호문을 리에는 아주 슬픈 눈으로 바라보았다.

"딱 한 번만 언니를 만나고 싶어요."

하나꼬가 철없이 따라오고 싶어 했다.

"지금은 안 돼. 다음에 만날 때가 올 거다."

리에가 말렸다.

"호정에게 잘 숨어 있으라고 하세요. 눈에 띄지 않게 꽁꽁."

리에가 엄숙한 얼굴로 말했다. 호문은 그 말이 왠지 불길하게 느껴졌다. 리에는 누나에게 주는 결혼 선물이라며 상자를 꾸려주었다. 그것만은 거절할 수 없었다.

호문은 누나 집으로 가서 선물을 전했다. 누나는 밭에서 시어머니와 허리도 펼 짬도 없이 일하고 있었다. 잠시 나무 그늘에 쉬면서 호문은 누나에게 선물을 전하고 그들의 인사를 전했다. 타다요시의 눈을 피해 숨어 있어야 한다는 말은 하지 않았다. 선물은 귀한 비단 옷감과 양산이었는데 그걸 본 누나는 돌아서서 치맛자락으로 눈물을 닦았다.

막다른 선택

한동안 정문이 보이지 않아 어른들은 불안해했다. 그러던 어느 날, 정문이 어깨가 축 처져서 찾아왔다. 그러고는 방문을 열고 마루에서 할아버지에게 큰절을 올렸다.

"증조할아버지, 다녀오겠습니다."

"어디를 가는고?"

정문이 말을 못하고 입을 삐죽거렸다. 큰아버지는 망연자실하여 넋이 나간 꼴이고, 따라온 사촌 누님이 그예 울음을 터뜨렸다. 일찍 남편을 여의고 외아들인 정문이만을 의지하고 살았던 누님이었다.

"정문이 징병에 자원입대했답니더."

"뭣이라? 고얀 놈! 우째서 그런 큰일을 의논도 없이!"

할아버지가 담뱃대로 재떨이를 땅땅 내리치며 고함을 질렀다. 목에 핏대가 서더니 얼굴이 벌겋게 달아올랐다.

호문이도 화들짝 놀라서 정문을 다시 쳐다보았다.

"그게 끌려가는 기지 우째 지가 원해서 가겠습니꺼?"

큰어머니가 나서서 어수선한 사태를 수습했다.

"이 일을 우짤꼬? 일본 놈들이 조선 사람들을 갈고리로 찍어서 끌고간다 카더니만, 동네 사람들을 죄다 끌고가네."

할머니가 탄식을 하며 가슴을 쳤다.

"니를 왜? 타다요시는 자기가 부리는 사람도 징병으로 보내나? 어림없는 일이라캐라."

할아버지가 정문에게 물었다.

"지금 상황이 안 좋아서 나이를 안 가립니더. 열네 살, 열다섯 살 먹은 아이들도 수두룩합니더. 호정이 신랑이랑 갑수까지 다 징집되었는데 혹시 호문이가 걱정입니더."

"뭣이라? 내가 타다요시를 만나봐야겠다."

할아버지는 단단히 벼르며 벌떡 일어섰다. 그러나 어른들이 나서서 말리는 바람에 다시 주저앉았다.

"소용없어예. 타다요시는 악착같이 철광을 찾고 있습니더."

할아버지와 호문의 눈이 마주쳤다. 당황스럽고 비밀스러운 눈빛이 오고갔다.

호문을 찾아와 협박했던 타다요시가 한동안 조용하다 싶었다. 호문은 그냥 자신에게 미끼를 한번 던져본 걸로 생각했다. 그런데 이런 식으로 돌아왔다.

"물금의 철을 신라의 참나무 숯으로 제련하여 철 갑옷과 마구 등을 만들었다는 기록을 찾았다고 합니더. 가촌리와 범어리에서 제철 작업을 했던 곳과 우물터도 나왔고예. 철광이 있는 것은 확실한데, 그걸 아직 못 찾으니 애가 닳았다 아입니꺼."

"그래서 느그를 인질로 잡고 철광을 찾아내라꼬 조르는 기가?"

할아버지는 고개를 저으며 호문을 보았다.

"걱정하지 마이소. 할아버지하고 철광은 안 된다고 약속했다 아입니꺼. 그리고 철광은 금동굴과 다릅니더. 일본 놈들이 철광을 손에 넣으면 전쟁 무기를 만들어 얼마나 많은 사람을 죽일지도 불 보듯 뻔합니더."

정문은 침착하게 말했다.

"이제껏 부려먹다 헌신짝처럼 내버리는 데가 어딨노?"

큰어머니가 분통을 터뜨렸다.

"그럼, 니는 어쩌노? 이역만리 먼 곳으로 총알받이를 하러 가는데? 뭐라도 주고 목숨을 구해야재.”

큰아버지는 어떻게든 손자를 구하고 싶었다.

“제가 감당해야지요. 지금 일본이 버마에서 영국군과 싸우고 있는데 외국 포로들이 많다고 합니더. 이번에 특별히 영어 잘하는 사람을 뽑아가는 겁니더. 3천 명이 억지로 끌려가지만 자원입대 형식으로 가는 기라예. 일본에 유학 간 사람이나 공부하는 학생들까지 많이 자원했습니다. 별일 없을 겁니더.”

정문은 오히려 의젓하게 어른들을 위로했다.

“니는 어서 피해라. 지금 전쟁이 한창인데 이리 험할 때에 가면 개죽음을 면하지 못할 끼라. 내가 살면서 온갖 신산을 다 겪어왔지만 손자들 목숨까지 바쳐야 하다니, 그럴 수는 없다. 나는 늙었으니 잡혀가도 되고 고생해도 된다.”

할아버지가 얼마나 정문을 아끼는지 속마음이 드러났다.

정문은 호문을 불러냈다. 호문은 정문의 속셈을 알 수 없어 의아한 눈길로 바라보았다. 뭔가 마지막이 온 것 같은 느낌이었다. 그것을 눈치챈 정문이 귓가에 대고 은밀하게 속삭였다.

“내 손으로 니 목을 조르고 싶지 않다. 그렇다고 막아줄

힘도 없고."

"……."

호문은 가슴 한 곳이 저릿했다.

"니도 많이 힘들 끼다."

정문은 오히려 호문을 측은한 눈길로 바라보았다.

"내도 아는 게 없다. 할아버지 말대로 도망가서 피해라. 그러면 타다요시가 포기할 끼다."

"아니다, 내가 도망가면 타다요시는 너를 데려갈 것이다."

끈질기게 울던 매미 소리가 뚝 끊어졌다. 호문은 귀가 먹먹했다.

잠자리에 누워서도 누군가 호문의 숨통을 끊어놓을 듯 눌러댔다. 허우적거리며 일어나자 할아버지가 땀을 닦으라며 수건을 건네주었다.

"정문이 진짜로 징병을 갈까예?"

호문은 아니라는 말을 듣고 싶었다. 정문이 철광 있는 곳을 알아내기 위해 연극을 한다고 믿고 싶었다.

"기다려보자. 정문이는 워낙 천방지축 기분 내키는 대로 행동하는 아이니."

할아버지는 호문을 달래주었다.

식구들은 서로 눈길을 피했다. 큰아버지는 급히 논을 헐값에 팔아서 읍내에 나갔다. 돈 있고 힘 있는 사람들은 돈으로 빼내기도 했다. 그러나 그들은 큰아버지의 돈을 받지 않았다. 큰아버지는 작정하고 덤비는 데는 이길 수가 없다며 한숨을 쉬었다.

안채에서 어른들은 묘안을 짜내려 애썼지만 뾰족한 수가 없었다. 할아버지도 호문이도 전전긍긍하기는 마찬가지였다. 정문이만 태평해 보였다. 식구들을 생각한다는 그의 말은 믿어지지 않았다.

자형은 그동안 해소병이 있어 징병에 끌려가지 않았다. 그런데 혼인을 한 것 보니 병이 다 나은 것이라며 이번에 차출되었다. 자형이 일부러 찾아와 인사를 했다.

"호문아, 내 가거든 누나 좀 부탁한다. 고생만 하고⋯."

누나도 따라왔는데 새카맣게 여윈 얼굴에 슬픔이 가득했다. 호문은 가슴이 아팠다. 모든 것이 자신의 잘못인 것만 같았다.

드디어 사람들을 실어 갈 트럭이 왔다. 원동에서부터 온 트럭 짐칸에는 젊은이들이 한가득 타고 있었다.

갑수는 호문에게 동생들을 부탁했다.

"우리 동생들 좀 봐도⋯."

"걱정하지 마라. 미안타."

호문이는 흐르는 눈물을 주먹으로 닦았다.

일본 순사가 사람들을 일일이 확인하면서 정문이 이름을 불렀다. 설마했던 호문은 고무신이 벗겨지는 줄도 모르고 사랑채로 달려갔다. 정문이 부들부들 떨었다.

안채에서 울음이 터져나왔다. 큰어머니와 사촌 누님이 정문을 잡고 놓지 않았다. 정문이 어른들에게 잡혀서 나오지 못하자 순사들이 들어가 재촉했다.

"내가 철광을 찾아볼 테니 말미를 좀 주시오."

큰아버지가 자존심을 버리고 일본 순사에게 사정했다. 그러나 그들은 들은 척도 하지 않고 큰아버지를 거칠게 밀어냈다.

"우리 젊은이들을 다 죽일 셈이가? 우리 마을에 씨를 말리는구나. 이놈들 나를 끌고 가라, 나를!"

할아버지가 나서서 청년들을 부여잡았다.

"이들은 대 일본제국을 위해서 자원입대하는 것이오. 덴노헤이카 반자이!"

일본 순사가 할아버지에게 총부리를 겨누고 일본 천황

만세를 외치라고 했다. 하지만 할아버지는 몸을 부들부들
떨면서 거절했다. 그들은 장화 신은 발로 할아버지 가슴팍
을 걷어찼다. 할아버지가 나동그라졌다. 그들이 다시 총부
리를 할아버지에게 겨누었다. 할머니와 호문이 달려가 막
아섰다.

"반자이! 반자이!"

할머니가 울면서 대신 두 손을 들고 만세를 불렀다. 호문
은 이를 악물고 두 주먹을 불끈 쥐었다. 새어머니가 호문의
팔을 아프게 꽉 잡았다.

"얼른 출발해!"

지휘관인 듯한 자가 명령하자 곧바로 트럭이 출발했다. 할
머니와 새어머니가 할아버지를 부축하여 안으로 들어갔다.

"아이고, 정문아. 집안에서 눈치구덩이, 구박덩이더니 불
쌍해서 어쩌나, 아이고."

그예 큰어머니가 통곡을 했다. 호문은 멀어져 가는 트럭
을 바라보며 혼잣말을 중얼거렸다.

"조카님, 진짜로 갈 줄은 몰랐다….."

며칠 식음을 전폐한 할아버지는 기운을 차리지 못했다.
그 탓에 병세는 점점 악화되었다.

"아이고, 우리 정문이가 끌려가서 우짤꼬? 아무것도 못하고 우리 마을 젊은이들을 다 빼앗겼다. 조상님들을 무슨 낯으로 볼꼬?"

할아버지는 자나 깨나 눈물로 탄식하며 시름시름 앓더니 결국 그길로 영영 눈을 감았다. 호문에게 일본 놈들보다 먼저 철광을 찾으라는 말을 유언으로 남겼다. 철광을 찾아서 지키라는 뜻이었다.

'할아버지, 걱정 마세요. 할아버지처럼 종손이 맡은 일을 잘 해낼게요.'

호문은 할아버지와 약속을 했다.

할아버지 장례식이 거행되었다. 상여가 함박산에 있는 선산을 향해 갔다. 상주가 된 호문이 할아버지의 신위를 들고, 큰아버지와 친척, 마을 사람들이 그 뒤를 따라갔다. 조상들의 무덤 아래에 할아버지를 장사지냈다. 그런 뒤 내려오는데 일본 순사들이 정자 마당에 얼씬거리는 게 보였다. 뭔가 불안했다. 동생 호영이가 호문을 발견하고 달려와 울음이 가득한 소리로 외쳤다.

"성아, 누나가 잡히갔다!"

"그게 무슨 말이고?"

호영이 얼굴에 꼬질꼬질한 눈물 자욱이 가득했다. 호문을 보고는 서러움이 다시 터져서 울먹거렸다.

호문은 정신없이 집으로 달려갔다. 남자들은 산소에 남아 봉분을 만들고 주변을 정리하느라 일이 많았다. 여자들은 제를 지내고는 먼저 내려갔는데 그 사이에 일이 벌어진 모양이다. 할머니가 머리가 산발이 되고 옷깃이 다 찢어진 채 길바닥에 퍼질러 앉아 통곡을 하고 있었다. 큰어머니와 새어머니가 함께 앉아 한탄을 했다.

"어무이, 무슨 일입니꺼?"

"아이고, 느그 누나가 끌려갔다. 우리가 산에서 내려오는데 그놈들이 벌써 기다리고 있더라. 즈그 집에서 일할 때 귀중품을 훔쳐갔다며 조사할 게 있다카더라. 우리가 그게 거짓말인줄 와 모르겠노? 결혼했다 캐도 듣지도 안 하고."

초상을 치르는 중이라 누나가 집에 와 있었다.

호문은 눈앞이 캄캄해서 아무것도 보이지 않았다. 온몸이 부들부들 떨렸다. 그들이 트럭을 타고 산길을 넘어가는 동안 호문은 단걸음에 베랑길을 달려 물금역으로 갔다. 가쁜 숨을 몰아쉬며 겨우 도착했을 때 부산역으로 가는 기차가 막 출발하려고 했다.

"누나, 누나!"

호문은 미친 듯 누나를 불렀다. 누나가 차창 밖으로 내다보았다. 머리카락은 엉클어지고 얼굴은 눈물자국으로 얼룩졌다.

"호문아! 동생 잘 돌보고 할머니, 어무이하고 잘 있어라."

우느라 목이 잠긴 누나의 목소리가 멀어져 갔다. 문이 닫히고 기차가 서서히 움직였다. 호문이 기차를 따라 움직이며 누나를 부르는데 눈에서 눈물이 줄줄 흘러내렸다. 그렇게 잠깐 얼굴만 보았는데 기차는 요란하게 기적을 울리며 떠나버렸다.

'이건 분명 타다요시 짓이다!'

성난 호문은 눈에 보이는 것이 없었다. 그길로 하나꼬네 집으로 달렸다. 오늘따라 일본인 거리가 조용했다. 호문은 황소처럼 울분에 가득차서 씩씩거렸다.

"누나가 끌려갔습니다. 어떻게 이럴 수가 있습니까?"

호문은 마구 악다구니를 썼다.

"언니가 끌려갔대요. 파파에게 그렇게 부탁했는데…."

하나꼬가 리에를 보고 따지듯 물었다. 리에는 올 것이 오고야 말았다는 듯 힘없이 고개를 저었다.

"언니 얼굴이라도 한 번 더 보는 게 소원인데…. 그날 그게 마지막일 줄 몰랐어."

하나꼬가 무작정 역으로 달려가려고 했다.

"이미 기차는 떠났어요. 누나를 구해주세요."

호문은 마당에 무릎을 꿇고 애원했다.

"내가 부산항으로 가보겠습니다. 가서 호정을 데리고 오겠습니다."

리에는 서둘러 외출 준비를 했다. 정신없이 옷을 차려 입고 밖으로 나갔다.

"저도 가겠습니다."

호문이도 리에를 따라나섰다. 둘은 가까스로 기차를 타고 부산으로 갔다.

리에는 타다요시를 찾아갔고 호문은 북항으로 갔다. 부산항에는 조선 사람들을 싣고 갈 커다란 배가 기다리고 있었다. 어찌나 큰지, 호문은 저렇게 큰 배가 어떻게 물 위에 뜨는지 이해가 되지 않았다. 부두에는 셀 수도 없이 많은 나락 가마니들이 선적을 기다리며 쌓여 있었다. 목화, 나무, 철광과 금을 비롯한 알 수 없는 물자들도 산더미 같아서 두 눈에 다 넣을 수가 없었다. 거기다 사람들까지 북적거렸다. 수많은 조선 사람들이 배에 올라탔다.

호문은 누나를 찾기 위해 이곳저곳을 정신없이 쏘다녔다. 배가 출발하기 전 대기하는 사람들 속을 찾아보았다. 여기저기서 사람들이 통곡하는 소리가 터져나왔다. 아들을 보내는 어머니의 애끓는 울음소리, 남편을 보내는 젊은 여자들의 처절한 울음소리가 사람들의 마음을 헤집었다. 누나는 어느 곳에도 보이지 않았다.

호문은 며칠째 리에를 따라 부산으로 나다녔다. 군복을 만드는 공장과 온갖 곳을 찾아다녔다. 하지만 타다요시가 무슨 수를 썼는지 누나는 흔적조차 없었다. 타다요시는 리에가 아무리 애원해도 가르쳐주지 않았다.

결국 리에는 지쳐서 쓰러졌고 리에의 힘을 믿었던 호문은 크게 실망했다. 다만 리에가 누나를 얼마나 사랑하는지는 알 수 있었다.

"호정은 우리 자매입니다. 꼭 구해오겠습니다."

리에는 포기하지 않고 누나를 구하겠다고 했다. 리에의 진심이 느껴졌다. 호문은 리에를 믿기로 했다.

호문이 집으로 가는 길이었다. 타다요시의 지프차가 호문이 앞에서 멈추어 섰다.

"어때? 정신이 번쩍 났지?"

타다요시가 차 창문을 내리고 여유 있게 미소를 지었다.

"내가 왜 너를 남겨 두었겠나? 넌, 철광도 찾을 수 있을 거다."

"지는 모릅니더. 지가 어떻게 그런 일을 하겠습니꺼?"

호문은 깜짝 놀라서 버벅거렸다.

"그보다 우리 누나를 돌리주이소."

"나는 철광이 꼭 필요하다. 시간이 얼마 없다. 물론 우리도 찾고 있다. 만약 우리가 먼저 찾는다면 그 결과는 어떻게 될지 장담할 수 없다. 너는 아무 쓸모가 없어진다. 또 네가 끔찍하게 생각하는 너의 누나는 어디로 끌려갈지 모른다. 아직은 내 손아귀에 있지만."

"누나는 아무 잘못이 없습니더. 제발 살려주이소."

누나 말이 나오자 호문은 판단력을 잃고 울부짖었다. 애걸복걸했지만 타다요시는 꿈쩍도 하지 않았다. 오히려 먹잇감의 숨통을 끊어 놓을 듯한 날카로운 눈빛으로 쏘아보았다.

"만약 철광 찾는 것을 방해한다면, 그 누구도 살려두지 않을 것이다. 경부선 철도를 놓을 때 의병들이 철도 공사를 방해했다. 조선의 사람과 물자를 수탈하기 위해 철도를 만드는 것이라면서. 결국 그들이 어떻게 되었을 것 같나?"

호문은 겁에 질려서 그의 시선을 피했다.

"의병들은 모두 총살 당했다. 그리고 기차는 너희 동네를 잘 달리고 있다. 사람을 실어 나르고 물자를 실어 나르고 대 일본제국의 역사는 흐르고 있다. 감히 항거하는 자는 누구든지 같은 꼴을 당할 것이다!"

타다요시는 단호하게 말했다. 철광을 찾기 전에는 눈에 띄지 말라는 경고를 남기고 지프차는 요란하게 출발했다.

'누나를 어쩌면 좋은가?'

자신에게 물어보았지만 뾰족한 수가 없었다. 타다요시 손아귀에서 살아남을 수 있을지, 집안을 돌볼 수 있을지, 철광을 어떻게 해야 하는지, 할아버지처럼 후대에 역사를 전할 수 있을지, 모든 것이 불확실했다. 하지만 혼자 속앓이를 할 뿐 누구와 의논할 수도 없었다.

'철광을 타다요시에게 빼앗겨서는 안 된다!'

그 생각만 오롯이 마음에 새겼다.

호문은 할아버지가 부쩍 그리웠다. 천둥 번개가 치고 바람 소리가 무섭게 달려드는 밤이면 호문은 할아버지 품으로 기어들곤 했다. 그럴 때마다 할아버지는 호롱불 심지를 돋우고 호문을 다독거리며 옛날이야기를 들려주곤 했었다.

할아버지가 없는 밤은 길고 무서웠다.

말 지도의 비밀

호문은 날이 밝으면 하나꼬 집으로 달려갔다. 누나 소식을 들을 수 있으려나 해서였다.

하나꼬가 대문을 열어주었다. 하나꼬는 잠이 덜 깬 듯 꽃무늬가 화려한 유카타를 입고 허리에는 오비를 둘렀다.

"혹시 누나 소식은?"

"아직…. 그러나 언니는 꼭 돌아올 거예요."

하나꼬는 호문의 어깨를 다독거리며 위로해주었다.

리에는 제단 앞에서 무릎을 꿇고 기도를 하고 있었다. 호문을 돌아보며 말했다.

"백방으로 수소문하고 있는데 호정이 어디로 갔는지 아직 찾지 못했어요. 지금 동남아에서 전쟁이 치열해서 사람들을 막 보내고 있나 봐요. 남자 여자 할 것 없이.

"그럼, 누나도 벌써 어디로 갔을까요?"

"일본은 계속 전선을 넓히고 있어요. 그 바람에 영문도 모르고 많은 조선의 젊은이들이 끌려갔어요. 아마 호정이나 정문도 그리로 갔을 겁니다."

리에가 전선의 상황을 알려주며 한숨을 길게 내쉬었다.

"누나가 너무 불쌍해요. 어머니처럼 저를 키워주었어요."

호문이 누나 생각을 하며 눈물을 글썽거렸다.

리에와 하나꼬가 무릎을 꿇고 두 손을 모으고 빌었다. 누가 먼저랄 것도 없이 울음소리가 났다. 하나꼬의 울음소리가 점점 커지더니 리에도 흐느껴 울었다. 호문은 돌아서서 창밖을 내다보며 눈물을 참았다. 누나를 영영 잃어버리고 말 것 같은 불안이 몰려왔다.

"호짱, 조금만 더 참으세요. 이제 마지막이 가까웠어요. 새벽이 오기 전 어둠이 가장 짙답니다. 일본은 전쟁에 지고 있어요. 이제 곧 전쟁이 끝날 겁니다."

리에의 눈빛이 파랗게 빛났다.

"전쟁이 끝난다고요? 그러면 누나도 정문이 형도 내 친구들도 돌아오는 겁니까?"

호문은 그토록 바라던 일인데도 믿어지지 않았다. 위로하기 위해 그냥 하는 말로 들렸다. 아무 일도 할 수 없는 탓에 그저 리에의 힘을 빌려서 누나를 구하고 싶은 마음뿐이었다.

그때 타다요시가 갑자기 들이닥쳤다. 놀란 호문은 부엌으로 숨었다.

"호정을 어디다 숨겼어요? 제발 찾아주세요. 우리가 자매처럼 지내는 줄 알면서. 외로운 하나꼬도 친언니처럼 따랐어요."

리에가 누나를 돌려달라고 애원했다.

"그 계집애는 조선에 없으니 더 이상 찾지 마."

타다요시가 무뚝뚝한 말로 소리쳤다.

"당신, 이제 그만 욕심부려요. 당신은 성공했고 우리는 잘살고 있어요. 본토에서 할 일도 없고 먹을 것도 없이 가난했던 때를 기억해보세요. 당신 친척들은 부산에서 많은 땅을 얻어 부자가 되었고, 우리 친척들도 물금에서 잘살고 있어요."

"그러니까 천황 폐하께 공을 세우려는 거야. 조선은 우리에게 기회의 나라야. 노력하는 만큼 부귀영화를 얻을 수 있다고. 난 가야의 철광을 바치고 작위를 얻을 거야. 나의 충성심을 끝까지 보일 거야. 그러니 누구든 방해하면 가만

안 뒤!"

타다요시가 으르렁대며 리에를 겁주었다.

"당신이 무서워요. 더 이상 조선인들을 괴롭히지 마세요. 제발."

리에와 타다요시가 옥신각신하는 사이 하나꼬가 부엌 뒷문을 열어주었다. 호문은 뒷마당으로 나가 담을 넘어서 나왔다.

타다요시의 야욕은 상상할 수 없이 컸다. 호문은 리에와 하나꼬를 지나치게 의지하고 힘들게 했다는 걸 깨달았다. 더 이상 찾아가서는 안 되겠다는 생각이 들었다.

호문은 혼자 제천단에 올라갔다. 할아버지와 함께 앉았던 시간을 생각했다. 자신을 종손으로 정한 뒤에 든든해하던 모습이 떠올랐다.

'난 혼자가 아니야. 할아버지가 나를 기대하고 조상들이 나를 기대하고 있어.'

호문은 소리 내어 자신에게 말했다.

"난 후대에 역사를 전해야 할 사명이 있어. 힘을 내자."

마냥 슬픔에 빠져 있을 수만 없었다. 타다요시가 철광을 찾고 있으니 그보다 먼저 철광을 찾아야 한다.

호문은 말로 된 지도를 가만히 되뇌어 보았다.

'다섯 봉우리, 흙다리, 피의 계곡, 황룡이 꿈틀거리는 곳.'

네 가지 단서였다. 마을을 샅샅이 톺아보며 어디쯤인가 짐작을 해보았다.

다섯 봉우리. 오봉산은 산봉우리가 옆으로 병풍처럼 길게 늘어서 있다. 큰 봉우리만 다섯 개라서 오봉산이라 부르는 것이지 그 사이에는 작은 봉우리가 수도 없이 많다. 마지막 봉우리 끝은 낙동강과 맞닿아 있는데 절벽에 베랑길이 있다. 눈길은 그쪽에서 오래 머물렀다. 비밀을 그렇게 쉽게 알려줄까?

흙다리는 흙으로 만든 다리일까? 동네 하천에 징검다리나 돌다리가 몇 개 있지만 흙으로 된 다리 같은 건 본 적이 없었다.

'나 혼자서는 할 수가 없다. 이 넓은 산과 골짜기를 죽을 때까지 다녀도 찾을 수 없을 것이다. 도움을 받아야 한다.'

할아버지가 돌아가신 뒤에 사랑채는 큰아버지가 썼고 호문은 집으로 돌아왔다. 예전처럼 사랑채를 들락거릴 일이 없었다.

산을 내려온 호문은 큰아버지를 만나러 사랑채로 갔다. 큰아버지는 그사이 머리카락이 허옇게 세어 10년은 더 늙어보였다. 어찌나 할아버지를 닮았는지 얼핏 보면 할아버지가 다시 살아온 줄로 착각할 정도였다.

"호문이 네가 어쩐 일이고?"

큰아버지도 호문의 방문이 뜻밖인지 의아해했다.

"의논드릴 게 있습니더."

호문은 다소곳이 무릎을 꿇고 공손하게 말했다.

"야야, 편하게 앉아라. 그래 무슨 일이고?"

아무래도 양아버지와 아들 사이는 아니었다. 큰아버지는 멀고 어렵게 느껴졌다.

"큰아버지, 타다요시보다 먼저 철광을 찾아야 할 듯합니다. 그래야 무슨 일이 생기면 대처를 할 것 같습니더."

호문의 말을 듣고 큰아버지는 깊은 생각에 잠겼다. 한참 후 어렵사리 결정을 한 듯 고개를 끄덕거렸다.

"내도 그리 생각한다."

"금동굴 찾을 때 토곡산하고 함박산 쪽은 다 찾아봤으니 오봉산 쪽을 가볼 생각입니더. 우리가 평소에 잘 가지 않는 봉우리를 올라갈 생각입니더."

큰아버지는 버섯을 따고 약초를 캐러 산에 자주 올랐다. 특히 오봉산 계곡에서 산삼을 몇 뿌리나 캐기도 했다.

"할아버지한테 받은 게 있재?"

"예. 말로 된 지도를 받았습니더. 다섯 봉우리, 흙다리, 피의 계곡, 황룡이 꿈틀거리는 곳이라 했습니다."

호문의 말을 듣고 큰아버지는 바로 대답했다.

"다섯 봉우리는 오봉산이고 흙다리는 토교 아니가?"

"흙다리가 어디 있는지 아십니꺼?"

큰아버지가 너무 쉽게 말하는 바람에 호문은 눈이 휘둥 그레졌다.

"하모, 지금은 돌다리가 있는데 옛날에는 통나무로 다리를 만들고 그 위에 자갈과 흙을 덮어서 만든 흙다리였다 카더라고. 그래서 이름을 토교라고 부르재. 날이 밝으면 같이 가보자."

호문은 마음이 든든했다.

그곳은 베랑길이 시작되는 철길 입구에 있는 토교마을이었다. 늘 지나치면서도 왜 그런 이름이 붙었는지 생각도 못 했다. 큰아버지는 다리 아래쪽을 여기저기 둘러보며 무언가 찾아다녔다.

"호문아, 이리 와봐라."

수풀더미 속에서 옆으로 누워 있는 커다란 돌비석을 찾아냈다.

"기찻길 공사를 할 때 여기에 비석을 아무렇게나 집어던져 놓았다."

큰아버지와 호문은 거기 쓰인 한자를 풀이하면서 찬찬히 읽어보았다.

"화제석교비. 낙동강과 화제천이 마주치는 곳에 화자교라는 흙다리가 있었다. 이 동네에 홍수가 날 때마다 흙다리가 쓸려가서 화제마을 사람들이 다시 만드느라 노역을 많이 했다. 이에 영조 임금(1739년) 때 돌다리로 고치고 기념비를 세웠다."

흙다리를 돌다리로 고친 과정이 비석에 고스란히 적혀 있었다.

"그래서 옛날 이름은 흙다리인데 요즘은 토교라고 부르는군요."

호문이 고개를 끄덕였다. 두 가지 단서는 너무 쉽게 풀려서 오히려 의심이 들었다.

"여기에 황룡과 피의 계곡을 찾아야 하는데…."

호문은 강물을 바라보았다. 물살은 햇빛에 윤슬을 만들며 눈이 부시게 반짝거렸다.

"내 마음에 짚이는 곳이 있다. 토곡산 아래 불메골이라는 곳이 있는데 쇠를 벼리던 쇠부리터가 있던 자리다. 거기 철과 관련된 게 있는지 가보자."

불메골은 토교와는 완전히 반대쪽이었다. 집으로 가는 길에 일부러 들렀지만 별다른 흔적이 없었다. 근처의 산 입구까지 샅샅이 뒤졌지만 황룡이나 피의 계곡이 있을 만한 곳은 아니었다.

"아무래도 오봉산, 흙다리, 두 개를 보면 아까 그쪽이 맞는 것 같습니더."

"그래도 돌다리도 짚어가라고 출발점을 잘 찾아야재. 무슨 일을 시작하기 전에는 출발점을 어디로 잡을 것인가가 중요하다. 산 위에서 출발점을 한눈꼽쟁이만 다르게 잡아도 나중에 완전히 다른 방향으로 가고 만다."

큰아버지는 꼼꼼해서 일에 빈틈이 없었다. 게다가 어찌나 수다스럽고 적극적인지 역시 할아버지 핏줄이라는 게 느껴졌다.

"오봉산 아래 독점마을이 있는데 참나무로 옹기를 굽는

가마터가 있다. 옹기를 구우려면 불을 때야 하니까 철도 제련할 수 있지. 거기도 가보자."

그곳은 낮은 언덕배기였는데 아직도 도자기를 굽는 마을이 있었다. 거기서 마을 노인들과 이야기를 나누었지만 신통한 것이 없었다.

"두 가지 단서를 따라간다면 오봉산 아래 토교마을 근처인 것 같다. 베랑길에 기찻길로 막혀 있어 사람들이 들어가지 않으니 모를 수도 있다."

큰아버지는 앞뒤가 들어맞게 판단했고 호문도 생각이 같았다.

"남은 단서는 피의 계곡과 황룡, 두 가지예요. 왜 피의 계곡이라 불렀을까예? 사람들이 많이 죽어서 피가 물처럼 흘렀을까예?"

"글쎄다, 그런 말은 들은 적도 본 적도 없다."

종일 돌아다니며 다리품을 팔다가 해가 저물어서야 집으로 들어왔다. 큰아버지와 함께 다니니 마치 할아버지와 같이 다니는 것 같았다. 대청마루에서 큰아버지와 겸상을 하고 저녁을 먹으면서도 궁금한 것들이 머릿속을 뱅뱅 돌았다.

"황룡은 하늘을 날아다니는데 어디서 사는가예?"

"이무기가 동굴에서 살다 용이 되면 하늘로 올라간다는 전설이 있재. 그러면 용은 하늘에 사는 갑다."

옆에서 식사하던 할머니가 불쑥 대답을 했다. 호문이 하늘을 보았다. 저 너른 하늘에 황룡이 살면 무슨 수로 찾나?

"강 따라 원동으로 더 올라가면 가야진이 있재. 거기는 강물 속에 황룡과 청룡이 산다는 전설이 있다. 황룡하고 청룡하고 싸워서 강물이 뒤집어지고 지나가던 배들이 뒤집어져 사람들이 죽재. 그래서 그 용들 달래려고 해마다 제사를 지낸다 아이가."

큰어머니가 신라시대부터 전해오는 가야진사에 얽힌 전설을 말해주었다.

"용이 강물 속에도 산다는 말입니꺼?"

"하몬, 거기는 용이 여러 마리가 나온다. 황룡, 청룡, 용 식구들 또…."

"인자 되었습니더. 황룡만 찾으면 됩니더."

호문은 마음에 확신이 들었다. 오봉산 기슭에는 황산강 베랑길이 있다. 그 아래로 흐르는 낙동강을 황산강이라고도 불렀다. 황룡이 살아서 황산강이라고 불렀을 수도 있다.

'그렇다면 피의 계곡은 그 안에?'

왠지 처음부터 그곳으로 마음이 끌렸다. 그곳은 베랑길에 철로가 지나는 길이라 위험했다. 사람들이 베랑길은 지나다니지만 기찻길 안쪽 산으로는 올라갈 일이 없었다. 그곳은 길도 없고 가파른 산길이라 들어가기도 어렵고 들어갈 일도 없었다.

학교에서 돌아오는 길에 호문은 하나꼬와 마주쳤다. 하나꼬가 먼저 수업을 마치고 골목길에서 서성거렸다. 두 사람은 눈인사를 나눌 뿐 말이 없었다. 그동안 하나꼬는 더 여위고 핼쑥해졌다. 마음고생을 많이 하는 것 같아 호문은 누나 소식을 묻지 않았다.

"호짱, 오랜만이야. 왜 집에 오지 않아?"

하나꼬가 누나처럼 의젓하게 물었다. 호문은 멋쩍어서 머리를 긁적거렸다. 하나꼬 집 앞에서 머리를 숙여 인사하고 돌아섰다. 하나꼬는 집으로 들어가지 않고 호문을 따라 걸어왔다.

"이제 그만 돌아가세요. 위험합니다."

호문이 베랑길로 들어서면서 말렸다.

"언니 생각난다. 이 길을 볼 때마다 언니 만나러 가겠다고 벼렀는데."

하나꼬는 누나를 그리워했다. 말릴 사이도 없이 앞장서서 철로 위로 올라가 걸었다. 두 팔을 벌리고 줄타기를 하는 것처럼 위태롭게 흔들리더니 고무줄 놀이하듯 깡충거리며 건너다녔다. 호문은 행여 기차가 올세라 상행선과 하행선 양쪽을 번갈아 살피며 귀를 기울였다. 갓길이 아주 좁은 곳에서는 마음을 졸였다.

좀 더 넓은 길이 나오자 호문은 안도의 한숨을 내쉬었다.

"동전 하나 있습니까?"

호문은 하나꼬에게 동전을 하나 달라고 했다. 하나꼬가 주머니를 뒤져서 벚꽃이 새겨진 백동전 엔화를 꺼냈다. 호문은 철로에 귀를 대어보았다. 멀리서 기차 오는 소리가 들렸다. 백동전을 레일 위에 얹어놓고 하나꼬와 멀찍이 산 쪽으로 피해 앉았다. 한참 후에 경성으로 가는 기차가 쌔액 바람을 일으키고 지나갔다.

호문이 달려가서 백동전을 집어 올렸다.

백동전이 얇고 크게 늘어났다. 하나꼬가 신기해하면서 웃었다. 그 모습을 보면서 호문도 미소 지었다.

"이건 행운의 동전입니다. 펑 튀긴 벚꽃처럼 좋은 일이
생길 겁니다."

호문은 하나꼬에게 백동전을 내밀었다.

"아니야, 행운은 호문이 가져야 해."

하나꼬는 사양했다. 오히려 호문이 가지라고 떼를 썼다.
호문은 마지못해 백동전을 주머니에 넣었다.

맞은편 철로에서 부산역으로 가는
기차가 기적을 울리며 달려왔다. 호문은 놀라서 하나꼬 손
을 잡고 길 쪽으로 바짝 붙었다. 세찬 굉음과 함께 바람에
빨려 들어갈 것 같아 둘은 몸을 꼭 부둥켜안고 기차가 지나
가기를 기다렸다. 하나코의 가슴이 콩콩거렸다. 호문의 심
장도 쿵쾅거렸다.

"이제 갔습니다."

하나꼬가 얼른 호문에게서 떨어지며 숨을 내쉬었다.

"에에, 호짱 겁쟁이."

그러고는 어색한 티를 내지 않으려 호문을
놀렸다. 호문의 얼굴이 벌겋게 달아올랐다.
더위 때문만은 아니었다.

우거진 숲에서 매미들이 귀가 따갑도록 울어댔다. 기찻길 쪽은 장작불을 지피는 듯 뜨거웠지만 베랑길 안쪽의 숲은 울창해서 서늘했다. 둘은 나무 그늘 아래에 앉아 쉬었다.

"이 강은 낙동강인데 왜 황산강 베랑길이라고 해?"

하나꼬는 이름이 재미있다는 듯 천진하게 물었다.

"지금 저 속에 황룡이 살고 있어서 확, 하고 솟아오른답니다."

호문은 두 팔을 모아 용 모양을 만들어 갑자기 하늘로 솟구치는 시늉을 했다. 하나꼬는 깜짝 놀라 피하는 시늉을 했다.

둘은 다시 걷기 시작했다.

"아, 목 말라."

하나꼬가 물을 찾았다. 시원한 물이 생각나기는 호문이도 마찬가지였다.

"계곡이 말랐지만 물이 있을 겁니다."

호문은 계곡 안으로 들어가며 조심스럽게 살폈다. 커다란 고욤나무 아래에는 산딸기 덩굴과 국수나무 덩굴이 무성하게 우거졌다. 계곡에는 자갈밭과 너덜바위가 쌓여 있는데 칡덩굴이 손을 뻗어서 바위를 뒤덮었다. 마치 계곡을 감춰주려는 것 같았다.

계곡을 조금 올라가자 바위틈에서 실오라기처럼 가는 샘이 흘렀다. 신기하게도 샘에는 깨끗하고 맑은 물이 고였다. 호문은 커다란 망개나무 잎을 두 장 땄다. 두 잎으로 깨끗한 물을 조금 떠서 하나꼬에게 건네주었다.

나뭇잎에 고인 물을 맛보던 하나꼬가 어쩔 줄 모르며 얼굴을 찡그렸다. 호문은 웃으며 장난이냐고 물었다.

"에에에, 매워."

호문이도 영문을 모른 채 물맛을 보았다. 입 안에 물이 닿는 순간 혀가 오그라드는 독한 맛에 진저리를 쳤다. 지독한 쇠 냄새가 났다.

"우리가 살던 후쿠오카에는 땅속에서 따뜻한 물이 솟아나는 온천이 많다. 그 물속에 황이나 인, 철 같은 것이 녹아있어. 물을 마시면 위장병이 낫고, 그 물에 씻으면 피부병이 낫는다. 만병통치약이다."

하나꼬는 온천을 설명해주었다.

"땅속에서 따뜻한 샘이 솟아납니꺼?"

"온천수는 신기해. 목욕을 한 할머니가 공주로 변했다는 전설이 있어."

"그게 하나꼬상입니까?"

호문이 짓궂게 물었다.

"지진이 오면 땅이 갈라지면서 입을 벌리고 불과 연기를 토해낸다. 사람들이 많이 죽었고 마마도 놀랐다."

하나꼬는 과장된 손짓과 표정으로 설명해주었다.

"그렇게 험한 곳에서 어떻게 살아요? 이제 여기서 살아요."

"물금은 아름답고 살기 좋아. 그런데 우리 때문에 조선 사람들을 힘들게 해서 미안해. 우리가 다함께 행복하게 살았으면 좋겠어."

하나꼬는 진지하게 말했다. 꼭 그런 날이 오기를 바라는 간절한 눈빛이었다.

"물맛만 봤는데도 머리가 맑아지고 힘이 솟아납니다."

호문이 허풍을 떨어서 장단을 맞춰주었다.

"여기 바위들은 불그레하니 아주 특이해."

하나꼬가 손짓하는 곳을 보니 정말로 바위들이 불그죽죽했다.

칡넝쿨과 나뭇잎 아래로 언뜻언뜻 보이는 바위들을 보는 순간 호문은 자신도 모르게 소리쳤다.

"피의 계곡이다!"

수수께끼를 푼 것 같았다. 하나꼬가 어리둥절해서 물어보았지만 호문은 아무 말도 귀에 들어오지 않았다.

황룡이 꿈틀대는 곳과 피의 계곡. 이리저리 꿰어 맞추니 문짝처럼 아귀가 딱 맞았다. 이제 이 골짜기에서 철광만 찾아내면 된다. 심장이 벌렁거렸다. 당장 계곡 안쪽을 샅샅이 뒤져보고 싶었지만 하나꼬가 마음에 걸렸다.

"이제 그만 집으로 가야 합니다."

호문은 서둘러서 하나꼬를 데리고 내려왔다.

"호짱, 미안해. 언니가 그렇게 된 건 파파 때문이야. 마마는 언니를 구하지 못해 힘들어 해. 그리고 호짱이 오지 않으면 무슨 일이 생겼을까 봐 걱정이 많아."

하나꼬는 눈길을 돌려 먼 강물을 바라보았다. 두 눈에 가득한 눈물을 보이지 않으려 했다.

호문은 주머니 속에 든 행운의 백동전을 만지작거리며 망설였다.

"사실은, 철광을 찾고 있어요."

"호짱, 나도 돕고 싶어. 나도 꼭 데려가줘."

하나꼬가 애타는 마음으로 졸라댔다.

피의 계곡

호문은 점점 철광에 다가가고 있다는 확신이 들었다.

학교 수업을 마치고 나서 돌아오는 길에 잠시 망설였다. 하나꼬를 끌어들여 자칫 타다요시와 분란을 일으킬까 걱정되었다. 하지만 돕고 싶어 하는 마음을 거절할 수 없었다.

집 마당에서 하나꼬는 길을 내다보며 호문을 기다렸다. 멀리서 호문이 오는 모습이 보이자 대문을 열고 나왔다.

"이건 자석. 만약 그 붉은 돌에 철이 들어 있다면 자석이 들어붙을 거야."

하나꼬는 자석을 내밀며 비밀 병기를 가져온 것처럼 우쭐거렸다.

"와, 이렇게 커다란 자석은 처음 봅니다. 자석의 실력을 보러 갑시다."

호문이 의기양양하게 앞서 걸었다. 어제 갔던 계곡에서

자석을 땅바닥에 대고 문질렀다. 금방 검은 철가루들이 쇠막대기에 들어붙었다. 자석의 힘이 좋아서 쇳가루는 개미 떼처럼 새카맣게 몰려들었다.

계곡 입구 칡덩굴 아래에 붉은 바위가 보였다. 호문은 자석을 바위에 대어보았다. 따각, 소리를 내며 자석이 들어붙었다. 쉽사리 떨어지지 않으려는 자기장의 힘이 느껴졌다.

"역시! 이 바위들에 철분이 많아!"

호문이 신이 나서 조심성 없이 소리쳤다.

"우와! 대단하다."

하나꼬가 좋은 생각이 났다는 듯이 크기가 다른 돌멩이들을 주워 왔다. 돌멩이로 바위들을 가볍게 두드렸다. 바위에서는 종소리가 났다. 작은 것에서는 높고 맑은 소리가, 큰 것에서는 낮고 무거운 소리가 났다.

"바위에 쇠가 들어 있어서 노래를 하네!"

호문이 신기해서 돌멩이를 들고 따라했다. 땡땡, 뎅뎅, 딩딩, 울리는 소리가 다 다르게 났다. 둘은 바위를 두들기며 연주를 했다. 마지막 단서인 피의 계곡은 붉은 바위가 뒹구는 곳이었다.

둘은 계곡 안쪽으로 들어가면서 근처를 둘러보았다.

"저긴 뭐지?"

돌무더기가 아무렇지도 않게 흩어져 있다. 다가가서 살펴보니 그건 우물인 것 같았다. 샘처럼 얕은 우물은 메워져서 바싹 말랐는데 윗부분은 허물어져 이끼 낀 돌이 나뒹굴었다. 그래도 우물이라는 것을 알 수 있었다.

호문의 심장이 뛰기 시작했다. 점점 철광에 가까워진다는 신호였다.

가파른 낭떠러지가 나타났다. 암벽의 아랫부분이 드러나 있었다. 그 아래 넓은 곳에 덩어리진 철 찌꺼기들과 가마벽체 흔적이 보였다. 암벽은 협곡을 따라 이어지면서 저절로 천장이 생겼다.

그때 하나꼬가 호문의 등 뒤쪽을 손짓했다. 호문이 돌아보았다. 막힌 협곡 끝에 무언가가 보였다. 계곡 바닥에서 타고 올라간 나무와 무성한 칡넝쿨에 가려서 입구를 찾을 수 없었다. 가까스로 칡넝쿨을 걷어내니 크고 작은 돌로 막혀 있긴 하지만 사람이 겨우 들어갈 만한 틈이 보였다. 호문은 조심스럽게 굴 안을 들여다보았다.

"굴이야?"

하나꼬가 뒤에서 재촉했다. 호문은 고개만 굴속으로 들이 밀고 쿵쿵 냄새를 맡았다. 어둡고 습한 냄새가 났다. 돌을 주워서 굴 안으로 던져 넣었다. 굴이 울리는 소리가 났다. 좀 더 큰 돌을 두 개 더 주워서 굴 안으로 던져 넣었다. 굴이 약간 아래로 비탈이 졌는지 돌이 굴러갔다.

"굴이 맞는 것 같습니다."

호문은 들어가기 전 잊은 것이 생각났다. 굴 입구에서 물러나 넙죽 땅바닥에 엎드려 절을 했다. 하나꼬가 옆에 같이 엎드리며 물었다.

"뭘 하는 거야?"

"인사를 하는 겁니다."

하나꼬는 호문의 행동을 가만히 지켜보았다. 호문은 돌을 몇 개 더 치우고 동굴 속으로 머리만 살그머니 밀어 넣었다. 한 발 한 발 조심스럽게 들어갔다. 칠흑 같은 어둠속에서 벽을 잡았다. 주머니를 뒤져서 초동가리와 성냥을 꺼내 불을 켰다. 불빛을 보고 박쥐 몇 마리가 놀라서 밖으로 달아났다.

그 바람에 밖에서 기다리던 하나꼬가 놀라서 비명을 질렀다.

"놀라지 말아요, 박쥐니까."

"우와! 대단하다. 호짱, 찾은 거지?"

하나꼬는 멋쩍은 듯 물러섰다가 다시 다가왔다. 잠시 후 굴 앞쪽은 희미하게 밝아졌지만 어둠에 쌓인 안쪽은 그 끝을 알 수 없었다. 오래된 먼지 냄새가 연기처럼 매캐하게 났다.

호문은 조심스럽게 벽면을 살펴보았다. 날카로운 칼끝으로 긁은 그림이 희미하게 남아 있었다.

"철을 캐내는 모습이야. 이렇게 커다란 가마에 넣어서 제련을 하고. 이렇게 덩이쇠가 나왔어. 그 다음에는 이 덩이쇠에 풀무질을 해서 무기를 만드는 과정들이야."

그림을 살펴본 하나꼬가 호들갑을 떨었다.

"우리 조상들은 이렇게 바위에 그림을 새겨서 역사를 남겼어요."

호문은 자랑스럽게 말했다.

한눈에 알아볼 수 있도록 작업 과정이 새겨져 있다.

철갑옷과 창과 검을 만드는 모습도 나타나 있다. 강에 떠 있는 배에는 덩이쇠가 가득 실려 있다.

"할머니께 이 이야기를 들은 적이 있어. 우리는 가야에서 철을 다루는 사람들의 후손이라고 했어. 그래서 손재주가 좋았어. 철뿐 아니라 나무도 밀가루 반죽을 하는 것처럼 잘 다루었다고 했어."

하나꼬의 얼굴에서 자랑스러움이 배어나왔다.

"이제 어떻게 할 거야?"

"철광을 결코 넘겨주지 않을 겁니다."

철광을 일본군에게 넘겨주면 전쟁 무기를 만들어 다시 우리를 죽일 것이다. 자신의 목숨을 구하겠다고 철광을 내줄 수는 없다. 철광도 경부선 철도처럼 할 수 없다. 그동안 부산항으로 조선 사람과 물자를 실어 나르는 것을 목격해왔다.

'다음은 네 차례야. 네 차례!'

타다요시가 협박하는 소리가 귓가에 쟁쟁거렸다.

하지만 호문의 마음은 굳어졌다. 철광만 잘 숨길 수 있다면 어떤 고통이라도 겪어낼 것이다.

"나는 조상의 역사와 철광을 지킬 임무가 있습니다."

"알아, 이건 처음부터 조선의 것이야. 호짱이 알아서 해."

하나꼬가 호문의 어깨를 다독거렸다.

두 사람이 굴 밖으로 나왔을 때였다. 산 위에서 일본인들이 소리치며 호령하는 말소리가 들렸다. 여기서 산을 타고 오르면 오봉산을 넘어가는 고갯길과 만난다.

고갯길에 있는 임경대에서 사람들이 모여 떠들었다.

"혹시 저 사람들도 철광을 찾고 있나?"

둘은 그들이 멀어질 때까지 숨죽이며 기다렸다.

일본인들이 그 근처까지 탐색하는 것을 보면 뭔가 단서를 얻은 게 틀림없었다. 그들이 철광을 찾는 건 시간문제였다.

'이렇게 큰 철광을 어떻게 숨긴단 말인가?'

호문은 집으로 돌아오면서도 골똘히 그 생각만 했다. 그때 솔 마당 소나무 숲에 생뚱맞게 자리 잡은 창고가 눈에 들어왔다. 큰 자물쇠로 굳게 잠겨있는 그 창고 안에는 폭약이 들어 있다고 했다. 어떤 생각이 번쩍 떠올랐다.

'그래, 굴 입구를 폭파해서 시간을 끄는 거야! 그런데 어떻게 저 창고 문을 열지?'

살아남아라

호문은 큰아버지에게 마음먹은 것을 털어놓았다.

"무슨 그런 간 큰 일을 벌인단 말이고?"

큰아버지는 펄쩍 뛰었다.

"그대로 두면 철광이 그들의 손에 넘어갈 겁니더. 창고 안에 든 폭약을 찾아서 철광 입구만 폭파하면 철광을 찾는 데 시간이 많이 걸릴 거라예."

호문이 계획한 것을 말했다.

그사이 호문은 많이 자랐다. 얼굴에 솜털을 벗고 팔다리에 근육이 제법 단단했고 여느 장정처럼 담대해졌다.

"그러다 들키면 철광 위치를 알려주는 꼴이 되재."

큰아버지는 너무 엄청나고 무모한 일이라며 고개를 저었다. 그러다 잠시 깊은 생각을 하더니 얼굴색이 밝아졌다.

"야야, 이건 조상이 우리를 도우는 기다. 어차피 그들도 곧 철광을 찾아낼 거라면 우리가 먼저 철광을 내주고 정문이와 호정이를 데려오는 기다. 징병에 간 마을 사람들도 다 데려오는 기라."

"그건 안 돼요. 철광은 무기나 마찬가지입니더. 무엇보다 타다요시는 믿을 수가 없습니더. 이미 정문이 형과 누나를 멀리 전선으로 보냈습니더."

"그래도 철광을 폭파하다니 말도 안 된다. 그렇게 묻어두느니 사람 목숨을 구하는 게 낫지. 그게 조상들 뜻이다. 지놈이 아무리 독해도 철광이 얼마나 중한지 알 테니 날로 거저먹지는 않겄재. 타다요시를 찾아가 타협을 해야겠다."

큰아버지 뜻은 강경했다. 아무리 설득해도 소용없었다. 호문은 난감했다.

"그놈이 너를 계속 괴롭힐 텐데 견뎌낼 수 있겠냐? 더 이상 쓸데없는 일을 벌이지 마라."

큰아버지가 단호하게 손을 내저었다.

호문은 큰아버지에게 생각할 시간을 달라며 순순히 물러났다. 도움을 청할 곳은 오직 리에뿐이었다.

하나꼬 집에 찾아갔을 때 리에는 호문의 계획을 말없이 듣고만 있었다. 한참 생각한 후에 어렵사리 말을 꺼냈다.

"철광은 그대로 두세요."

"그게 무슨 말입니까?"

순간 호문은 의심이 들었다. 옆에 선 하나꼬에게 동의를 구하는 눈길을 보냈다.

"굳이 그러지 않아도 일본은 그곳에 있는 철을 가져갈 수 없습니다."

리에는 이상하리만치 냉정한 표정이었다.

"우리 동네에 폭약 창고가 있습니더. 거기서 폭약을 꺼내서 기차가 기적 소리를 울리며 지나갈 때 철광 입구를 폭파시킬 겁니다. 그러면 한동안은 철광을 찾기가 어렵겠지예. 창고 열쇠만 구하면 되는데….'

호문은 했던 말을 되풀이하며 리에를 설득했다. 호문의 음성이 열에 들떠 있었다.

"마마, 창고 열쇠를 구해주세요. 외삼촌에게 부탁하면 그 정도는 할 수 있잖아요."

호문을 돕기 위해 하나꼬가 덩달아 사정했다.

"뭐라는 거야?"

그때 타다요시가 뒤에서 고함을 쳤다. 호문이 들어오면서 문을 닫지 않았는지 타다요시가 들어오는 소리를 듣지 못

했다. 리에와 호문은 당황하여 얼어붙고 말았다.

타다요시는 눈에 핏발이 섰다. 다짜고짜 하나꼬에게 다가가 뺨을 후려쳤다. 하나꼬는 저만치 떨어져나가 쓰러졌다.

"네가 무슨 짓을 하는지 알아? 이 조센징에게 철광을 폭파할 열쇠를 찾아주라고?"

타다요시가 고함을 질렀다. 호문은 무서워서 덜덜 떨었다.

"그게, 하나꼬상은 아무 잘못이 없습니다. 제가 누나를 구해달라고 부탁을 하러 왔습니더."

호문은 타다요시의 관심을 돌리려 진땀을 흘렸다.

타다요시가 매서운 눈길로 호문을 돌아보았다.

"철광을 찾았다고 했어?"

"아직, 못 찾았습니다."

"그런데 뭘 폭파하겠다고 했어? 어디서 이 새끼가 거짓말을 해!"

타다요시가 주먹으로 호문을 후려치고 발길질을 했다.

"그만, 그만하세요."

리에가 달려들어 말리다 타다요시가 밀치는 바람에 나가떨어졌다.

"조금 전에 너의 큰아버지가 왔었다. 철광을 찾았는데 마을 사람들을 돌려주면 알려주겠다는 조건을 제시하고 갔지. 감히 대 일본제국과 나를 상대로 거래를 하려 들다니. 이것들이 아직도 정신을 못 차리고 있어."

타다요시가 악다구니를 썼다.

"앞장서라."

타다요시가 권총을 꺼내 호문에게 겨누었다. 호문이 겁에 질려 대문 밖으로 나가고 타다요시가 뒤따라 나올 때였다. 리에가 비틀거리며 일어나 울부짖었다.

"제발, 더 이상 조선인들을 괴롭히지 말아요."

"파파, 제발 호짱을 살려줘요."

하나꼬도 애원했다. 타다요시는 권총을 리에를 향해 겨누었다. 하나꼬가 울면서 타다요시 앞을 가로막고 섰다.

"갈게요. 내가 가면 되잖아요!"

호문이 타다요시의 총부리를 겁내지 않고 울부짖었다.

타다요시는 호문의 뒤에 바짝 붙어서 걸었다. 날이 뜨거웠고 길에는 지나다니는 사람 하나 없었다. 베랑길로 접어들었다. 기찻길 안쪽으로 들어서자 타다요시가 다시 권총으로 호문의 등을 쿡 찌르며 귓가에 속삭였다.

"튈 생각은 하지 마, 쥐새끼처럼 굴면 죽여버릴 거야."

"알, 알겠습니더."

계곡으로 들어설 때 호문은 눈앞에서 수풀이 움직이는 것을 보았다. 분명 바람이 아니었다. 그 속에 사람의 머리가 급히 숨는 것을 보았다. 마을 사람일 것이다. 적어도 일본 사람은 아닐 거라는 생각이 들었다. 입이 말랐다. 침을 삼키고 바싹 정신을 차렸다.

"이리로 조금만 더 올라가면 동굴이 나옵니더. 나무가 우거져서 그 앞을 가려서, 언뜻 보면 모르지만, 좁은 틈으로 들어가면 철광 입구가 보입니더."

호문이 씩씩거리며 큰 소리로 외쳤다.

"이 조센징 새끼가 미쳤나? 왜 소리를 질러?"

타다요시가 호문의 팔을 꺾었다.

"아아악, 아파요. 이것 좀 놓아 주세요. 걸을 수가 없잖아요."

호문은 일부러 더 크게 비명을 질렀다. 그 사람이 도와줄 것이라고 믿었다.

"서툰 짓 하면 가만두지 않겠다."

타다요시는 입으로는 연신 협박을 하면서도 은근히 들떠서 다른 것은 눈에 들어오지 않는 듯했다. 호문은 바위를 한 걸음씩 올라가면서 은밀하게 주변을 살폈다. 허연 옷이 나무 사이로 움직이는 것이 언뜻언뜻 보였다.

"철로 근처인 데다 강이 흐르는 곳에 철광이 있으니 배나 기차로 부산항까지 운반할 수 있는 최적의 장소로군."

타다요시는 조금 더 일찍 찾지 못한 것을 원통해했다.

"여기가 우물입니더."

호문은 일부러 타다요시의 시야를 가리며 딴청을 부렸다.

타다요시는 얼굴을 잔뜩 찡그리며 고개를 끄덕였다. 그는 성큼성큼 호문보다 앞서 걸었다. 굴 앞에 서자 타다요시는 흥분했다. 그때 부산으로 가는 기차가 기적을 길게 울리며 달렸다.

타다요시는 멈칫하더니 호문을 먼저 굴속으로 밀어 넣었다. 호문의 등을 권총으로 아프게 눌렀다. 호문이 발부리에 걸린 돌멩이를 굴속으로 걷어찼다. 돌멩이는 요란한 소리를 내며 굴렀다. 타다요시는 주변을 둘러보며 뒤따라 굴 안으로 들어왔다.

"뭐야? 이게 가야 철광이라는 증거가 어디 있어?"

"잠깐만 기다려 보이소. 여기에 성냥이 있습니더. 찾아서 불을 켤 낍니더."

호문의 말소리가 왕왕 동굴 안을 울렸다. 호문은 일부러 초에 불을 붙이지 않았다. 행여나 숨어 있는 사람의 모습이 보일까 봐 근처만 밝힐 작정이었다. 타다요시가 긴장해서 호문을 끌어당겼다.

"이 속에 고라니나 멧돼지 같은 짐승이 살 수도 있습니더."

호문은 부러 인기척을 내며 큰 소리로 말했다. 겁을 내지 않으려 스스로를 위로하는 방법이기도 했고 근처에 누가 있다면 들어주기를 간절히 바라는 마음이었다.

호문은 성냥에 불을 붙였다. 칠흑같이 어두운 굴은 작은 불꽃으로도 주변이 희끄무레하게 드러났다. 동굴 벽에 사람 그림자가 커다랗게 일렁거렸다. 성냥이 점점 줄어들면서 다시 암흑천지가 되었다. 호문은 다시 성냥불을 켰다.

"벽에, 벽에 있는 거 봤지예?"

"흠, 짐작한 대로 벽에 그림이 그려져 있군. 가야 사람들은 문자로 남긴 것은 없어도 저번 금동굴처럼 그림으로 남겼군. 그런데 아쉽게 금동굴이 무너지는 바람에 그걸 떼오지 못했어. 이번에는 공사를 시작하기 전에 이 벽화부터 떼어 내야겠어."

타다요시는 벽화를 보면서 중얼거렸다. 땀과 탐욕으로
얼굴이 번질번질 빛났다. 호문의 등에서 땀이 줄줄 흘렀다.
손에도 땀이 흥건했다.

"지질탐사 팀을 데리고 와서 조사를 해봐야겠어. 계곡의
노출 부분을 파고, 깊은 굴속으로 들어가 광맥을 잡는 작업
을 하고, 탐사를 하면 철 매장량을 알 수가 있지. 지금 전쟁
이 한창이라 철이 얼마나 필요한지 몰라. 이 중요한 때에 큰
업적을 세웠으니 훈장과 작위를 받겠지. 나는 이 좋은 땅에
서 천년만년 부귀영화를 누리며 살 것이다. 흐흐흐."

타다요시는 오래된 철광의 규모를 몸으로 느꼈다.

"제발 철광을 못 본 척 해주십시오. 리에상이…."

"뭐? 이 새끼가 분수를 모르고."

타다요시는 호문의 뺨을 세게 후려쳤다. 호문은 휘청거
리며 동굴 벽에 머리를 찧었다.

"앗! 뜨거."

성냥이 다 타버려서 손을 데었다. 호문은 다시 성냥을 그
어 불을 붙였다.

"내가 리에와 결혼한 것은 그 특별한 능력 때문이야.

하지만 이제 쓸모가 없어. 앞으로는 내 힘으로 성공할 테니까."

타다요시는 자만심에 차서 거들먹거렸다.

"그럼, 우리 누나랑 정문이 형, 마을 사람들은 돌려주세요."

호문이 기회를 놓칠세라 재빨리 말했다.

"넌 정문이의 충성심을 보지 못했나? 그리고 너의 누나는 결혼한 것처럼 우리를 속였다. 위안부 차출은 법령에 열두 살부터라고 되어 있다. 이것은 아주 합법적인 일들이다."

타다요시는 비열하게 이기죽거렸다.

"그럼, 우리 누나와 정문이 형이 어디로 갔는지만 알려주세요."

"너의 누나는 위안부로 보냈다. 살아서는 돌아오지 못할 것이다. 정문이는 지옥철도 현장으로 보냈지. 이제 너도…."

"에잇, 이 나쁜 놈!"

호문은 타다요시를 머리로 와락 들이받았다. 동굴 속은 한 치 앞을 볼 수 없이 캄캄했다. 호문은 타다요시와 동굴 바닥을 뒹굴며 엎치락뒤치락했다. 호문은 아침저녁으로 장작을 패고 산을 오르내려서 몸이 근육질로 단련되었다. 게다가 최근 큰일을 겪으면서 강단이 있었다. 그러나 타다요시가 호문의 목을 조르고 올라타더니 총을 머리에 겨누었다.

"이 조센징 새끼! 리에와 하나꼬가 동정심으로 대해 주니 건방지게 굴어. 너 같은 건 없어져야 해!"

아주 짧은 순간이었다. 호문이 두 눈을 꼭 감았다.

타다요시가 방아쇠를 당기려고 할 때 굴 안에서 누군가 달려 나오는 발소리가 났다. 그가 타다요시를 덮치는 바람에 총알이 벽으로 튕겨나갔다. 타다요시와 그 사람이 뒹구는 몸싸움이 어둠 속에서 벌어졌다. 그 틈에 호문은 겨우 일어났다.

"네 놈이 우리 정문이를! 불쌍한 호정이를!"

호문은 비로소 그 목소리의 주인공이 큰아버지라는 걸 알았다.

순간 탕탕 귀청이 찢어지는 듯한 소리가 들리고 총이 불을 뿜었다. 누군가 총을 맞은 것 같았다.

"호문아, 어서 여기서 나가라!"

큰아버지가 외쳤다. 큰아버지와 타다요시가 뒹구는데 총소리가 한 발 더 울렸다. 총 소리에 놀란 동굴이 흔들리기 시작했다. 타다요시 역시 자신의 총에 맞은 것 같았다.

큰아버지가 숨을 몰아쉬며 총에 맞은 가슴을 움켜쥐었다.

큰아버지는 읍내 주재소에서 타다요시를 만났다. 돌아오는 길에 잠시 쉬고 있는데 호문이 타다요시에게 끌려오는 것을 보았다. 심상치 않은 낌새를 알아차리고는 재빨리 숲에 숨었다. 그리고 호문의 말소리에 따라 동굴 속으로 먼저 들어가 숨었다.

"큰아버지, 정신 좀 차리보이소!"

호문은 큰아버지를 부축하여 같이 나오려고 했다. 하지만 힘이 달렸다. 큰아버지는 몸을 움직이지 못했다.

"저 놈을 믿는 게 아닌데… 호문아, 난 안 되겠다."

큰아버지의 억세지만 따뜻한 손이 호문의 손을 찾아 더듬었다.

"흐흐흑, 큰아버지. 아버지."

"그래, 아들아, 니는 살아남아 종손의 책무를 다해라…."

큰아버지는 가쁜 숨을 몰아쉬며 간신히 말했다. 그때 동굴이 우르르 우르르 울기 시작했다.

"굴이 무너진다, 어서 나가라."

큰아버지는 마지막 힘을 다해 호문의 손을 뿌리치며 밀어냈다.

호문은 희뿌옇게 빛이 들어오는 동굴 입구 쪽을 향해 간신히 기었다. 그때 등 뒤에서 다시 총성이 울렸다. 타다요시가 힘을 다해 일어나 앞쪽을 향해 총을 쏘았다. 호문은 그대로 쓰러지고 말았다. 콰르르릉 분노한 동굴이 무너져 내렸다.

이별

타다요시가 권총을 들고 끝까지 따라왔다. 호문은 진흙 창에 빠진 것처럼 다리를 움직일 수 없었다. 다리와 등 위로 돌이 우르르 떨어졌다.

"큰아버지. 큰아버지!"

호문이 숨이 넘어갈 듯 큰아버지를 부르며 눈을 떴다.

"움직이면 큰일 난다. 가만히 있어라."

"여기가 어딥니꺼?"

몸을 일으키려 했지만 날카로운 통증과 함께 그대로 드러눕고 말았다.

할머니가 수건으로 땀을 닦아주며 뭐라고 했는데 말소리가 들리지 않았다. 호문은 다시 깊은 잠속으로 떨어졌다.

멀리 동굴의 입구가 은구슬처럼 작게 보였다. 캄캄한 어둠 속에서 빛이 들어오는 곳은 그곳뿐이었다. 호문은 오직

그곳만 바라보면서 기어나갔다. 총소리에 놀란 동굴이 우
르르 울면서 돌이 우박처럼 쏟아졌다. 호문이 가까스로 기
어 나오는데 용의 이빨처럼 뜨겁고 날카로운 것이 사정없
이 다리를 물었다. 귀청을 때리던 총성이 너무 생생해서 호
문은 진저리를 치며 다시 눈을 떴다.

"큰아버지, 큰아버지!"

"야야, 할미 여기 있다."

할머니가 호문의 손을 잡아주었다.

"할무이, 말이 안 들린다."

"뭐라꼬? 아이고, 이 땀 봐라. 어찌된 일이고?"

"큰아버지는요?"

"큰아버지는 와 찾노? 안 그래도 타다요시를 만나러 간
다고 나가서는 소식이 없다. 필시 그놈이 무슨 짓을 했는지
걱정하고 있다. 그 집에 찾아갔더니 그놈도 집에 안 들어왔
다 하네. 안 그래도 세상이 뒤숭숭한데 걱정이데이."

할머니가 치맛자락으로 눈물을 닦아냈다. 그러나 호문은
아무 말도 알아들을 수 없었다.

"무슨 일이고? 이렇게 정신을 못 차리니 필시 무슨 큰일
을 겪은 기라."

호문은 그 뒤로도 한참 동안 말을 잃어버린 것처럼 입을 열지 않았다. 할머니가 놀라실 걸 생각하니 차마 큰아버지 일을 말할 수 없었다. 자신을 살리고 대신 죽은 큰아버지….

하나꼬와 리에도 걱정이었다. 그러나 머리를 돌로 얻어 맞은 것처럼 생각이 빨리빨리 돌아가지 않았다. 그렇게 한동안 호문은 열이 오르고 헛소리를 하며 잠만 자고 깨기를 반복했다.

"야야, 인자 정신 좀 차려봐라."

할머니 음성이 희미하게 들렸다. 비로소 정신을 차리고 일어났을 때 왼쪽 귀는 완전히 들리지 않고 오른쪽 귀만 말이 약간 들렸다.

"우찌된 일이고? 생각나나? 일본 여자가 니를 부산에 있는 병원으로 옮겨서 치료를 받게 해주었다. 얼마 전까지도 약과 음식을 보내왔재."

사고가 나던 그날 마침 토교마을에 사는 어른이 베랑길을 지나던 길이었다. 그는 굉음에 놀라서 달려갔고 호문을 찾아냈다. 피투성이가 된 호문을 가까스로 읍내 의원으로 업어가 치료를 했다. 호문은 다리에 총알이 박혔다.

리에와 하나꼬는 타다요시에게 끌려나간 호문이 걱정되

었다. 하나꼬가 베랑길 입구에서 기다리며 서성거렸다. 그때 피투성이가 된 호문이 업혀 가는 것을 보았다. 하나꼬가 재빨리 리에에게 연락을 했다.

리에는 호문을 부산에 있는 큰 병원으로 옮겨 치료를 받게 했다. 그리고 하나꼬 외삼촌과 몰래 철광이 무너진 곳을 가보고 뒷일을 수습하기 위해 의논했다.

"그 여자가 누고?"

"모, 모르는 사람입니더."

"하기는 그 여자가 어려운 조선 사람들을 도와준다 카더라."

할머니는 혼잣말처럼 중얼거렸다.

'리에상이 나를 구했구나!'

호문은 잠결에도 내내 고민했다. 리에상에게 타다요시 이야기를 어떻게 전해주어야 하나? 일본 순사들이 만약 타다요시를 찾게 되면 철광의 위치를 알려주는 꼴이 되고 만다. 그날 있었던 일은 말할 수 없는 비밀이 되었다. 리에는 호문이 타다요시에게 끌려나가는 걸 보았으니 무슨 일이 생겼는지 알 것이라고 짐작했다.

"아얏!"

호문은 마음처럼 일어날 수가 없었다.

"니 아직 못 움직인데이."

오른쪽 다리는 총알이 박혔고 발목은 돌덩이에 맞아 으스러져서 수술을 했다. 그나마 병원에서 치료를 빨리해서 다행이었다.

"그만하기 다행이라. 조금만 늦었어도 더운 날씨에 다리를 자를 뻔했다 아이가. 앞으로 걷는데 좀 힘들 끼라더라."

할머니는 호문이 실망할까 조심스럽게 달래주었다.

호문은 치료를 다 마치고 집으로 돌아왔다. 오른쪽 다리를 절게 되어 목발을 짚어야 했다. 더는 날다람쥐처럼 산을 오를 수도, 기차를 따라잡으려 달릴 수도 없었다. 학교도 가지 않고 꼼짝도 하지 않고 그저 방 안에만 틀어박혀 지냈다.

하루는 읍내에 나갔던 큰어머니가 놀라운 소식을 가지고 왔다.

"이제 우리가 해방이 되었단다! 일본 놈들이 항복을 하고 우리 땅에서 물러간단다!"

사촌 누님도 따라 들어오며 소리쳤다.

"이제 우리 정문이 돌아올 끼다!"

"참말로? 호정이도 오나?"

할머니와 새어머니는 믿어지지 않아 한동안 멍하니 있었다.

"해방이 되었다고예?"

호문은 벌떡 일어나 방문을 열고 밖으로 나갔다. 팔월 한 더위가 찌는 듯했다. 어지러워서 현실을 받아들이는데 한참 걸렸다.

이미 리에가 말한 일이었다. 큰일이 생기고 좋은 일이 곧 온다고 했다. 그래서 굳이 철광을 폭파하지 않아도 된다고 했던 것이다. 리에를 의심한 것이 부끄러웠다.

"약아빠진 일본 놈들은 이미 몇 달 전부터 도망갔다네. 부산에다 물건을 내다 팔고 집도 팔고 귀중품을 챙겨서 다 떠났단다. 그것도 모르고 일본 놈들에게 끌려다니며 종살이한 게 원통하다. 느그 큰아버지는 우찌 되었을꼬? 이 북새통에 알아볼 데도 없다."

큰어머니는 대청마루에 앉아서 탄식했다.

"호영아, 이제 아부지가 돌아올끼다. 호정이 누나도 돌아오고. 그러면 니는 배부르게 먹고 핵교에 가겠재?"

새어머니는 동생을 부둥켜안고 한참 울었다.

호문은 이런 날 보기를 고대하던 할아버지와 큰아버지

생각이 났다. 곧 가족들에게 큰아버지의 비밀을 밝혀야 할 때가 되었다.

"호문아, 그 일본 여자를 찾아갔더니 이상한 말을 하더라. 아무래도 네 큰아버지하고 타다요시가 멀리 간 것 같다면서 니한테 물어보라더라. 그게 무슨 말이고?"

큰어머니가 집안에 의지할 남자라고는 호문이 뿐이었다.

"제가 며칠 내로 답을 드리겠습니더."

정자에는 마을 사람들이 모여들어 웅성거렸다. 집집마다 징용으, 징병으로 끌려간 가족들이 돌아올 거라고 한껏 기대하고 있었다.

호문은 다리를 절뚝거리며 집을 나섰다. 한여름 더위가 대단했다. 햇살 피할 곳 없는 땡볕 아래 베랑길을 땀을 뻘뻘 흘리며 걸었다. 누나를 만나러 갈 때면 날래게 달리던 길이었다. 이 베랑길을 걸을 때마다 좋은 때가 올 것이라고 믿었다.

힘겹게 물금에 도착했을 때였다. 사람들이 헤실헤실 미친 듯 웃으며 몰려다녔다.

"내는 해방이 될 줄 알았다. 그래도 참말로 될지는 몰랐재."

"이렇게 불쑥 해방이 될지는 몰랐재. 아이고, 좋아라."

사람들은 서로 얼싸안고 고함을 지르며 태극기를 들고 몰려다녔다. 해방된 것이 실감났다. 호문은 사람들에게 휩쓸려서 같이 따라갔다.

하나꼬네 집 커다란 대문이 활짝 열려 있었다. 정원에는 조선 사람들이 들어차서 웅성거렸다.

"악질 타다요시 나와라!"

성난 사람들이 집을 에워싸고 타다요시를 찾았다. 타다요시가 살아있다 해도 더 이상 가야 유물이나 철이나 금이나 사람이나, 아무것도 가져갈 수 없게 되었다.

"이 사악한 놈이 벌써 내뺏는 기라."

잠시 후 하나꼬와 리에가 입은 옷에 배낭을 하나씩 메고 나왔다.

"미안합니다. 용서해 주세요."

리에가 진실한 마음으로 용서를 빌었다. 하나꼬 얼굴이 하얗게 질렸다. 리에는 덜덜 떨면서 계속 두 손을 모으고 고개를 조아리며 걸음을 뗐다. 그들은 손을 모으고 수도 없이 절을 했다. 고멘나사이, 미안합니다, 라고 계속 말했다.

'리에상은 누구보다 전쟁 상황을 잘 알았는데 왜 떠나지

않았나? 타다요시를 기다린 걸까?'

해방의 기쁨을 하나꼬, 리에와 함께 나눌 수 없었다.

타다요시를 찾지 못한 사람들은 리에에게 분 풀이를 했다.

"저 여자는 악질 타다요시 부인이다!"

누군가 거칠게 고함치자 분위기가 험악해졌다. 리에는 피할 생각도 하지 않았다.

"안 됩니더. 이분한테는 그러지 마이소. 우리 아가 아플 때 약도 주고 음식도 주고 많이 도와주었습니더."

어떤 아주머니가 리에의 앞을 막아섰다. 하나꼬 집에 드나들던 몇몇 아주머니들이 그 앞을 가로막았다.

"리에상은 다릅니더. 언제나 우리 편을 들어줬습니더."

호문이도 소리쳤다. 하지만 그 말은 성난 사람들의 아우성 속에 묻혔다.

"너희 나라로 돌아가라!"

사람들이 외치며 역 쪽으로 가는 두 사람을 따라갔다. 리에와 하나꼬는 아름다운 집, 햇살이 잘 드는 집, 지진도 안 나는 집, 크고 넓은 정원을 그대로 두고 빈 몸으로 떠났다.

하나꼬와 호문의 사이는 점점 멀어졌다. 하나꼬는 주변을 보고 뒤를 돌아보았다. 호문을 찾는 것 같았다.

'하나꼬, 리에상….'

호문은 불안해서 주머니 속에 든 행운의 동전을 만지작
거렸다. 다리를 절뚝이며 걸었지만 사람들에게 밀쳐져서
자꾸 뒤처졌다.

역에 도착하자 사람들에게 막혀서 더 이상 그들을 볼 수 없었다. 사람들이 기차를 타려고 기다렸다.

그 틈에 호문은 가까스로 다가가 하나꼬를 불렀다. 하나꼬가 반가운 얼굴로 호문을 보았다. 호문은 발돋움을 하고 팔을 길게 뻗어서 행운의 동전을 하나꼬 손에 쥐어주었다. 하나꼬는 그것을 소중하게 받으면서 작별 인사를 했다. 눈에 눈물이 그렁거렸다.

'하나꼬, 리에상. 부디 안녕히 가세요.'

호문이도 머리를 숙이며 인사를 했다.

"타다요시상은…."

그러자 리에가 이미 다 알고 있는 듯 처연한 눈빛으로 고개를 끄덕였다. 더 이상 이야기를 전할 수 없었다. 기차가 떠났다. 일본 사람들은 부산항에 모여서 배를 타고 일본으로 간다고 했다.

집으로 오는 길에 호문은 기찻길 안쪽으로 들어갔다. 철광 입구는 흔적도 찾을 수 없었다. 처음부터 그랬던 것처럼 큰 돌무더기가 쌓여 있고 어느새 그 위를 칡넝쿨이 무서운 기세로 뻗어나가 뒤덮었다.

호문은 작은 돌 몇 개를 들어냈다. 어디를 어떻게 손대야 할지 엄두가 나지 않아 주저앉아버렸다.

"큰아버지!"

불러도 대답이 없었다.

"아이고, 큰아버지 어떻게 해요?"

더 크게 불렀지만 큰아버지는 대답이 없었다.

"우리는 해방이 되었습니더. 이제 무서운 것이 아무것도 없습니더. 정문이 형도 누나도 아버지도 돌아올 낍니더. 집안일일랑 아무 걱정하지 마세요. 큰아버지도 종손이었잖아요. 이제 일본 놈 눈치 안 보고 마음껏 농사짓고 재미나게 살 수 있는데 큰아버지만 없네예. 흑흑."

호문은 돌무더기 위에 주저앉아 서럽게 울다 이야기하다를 반복했다.

큰아버지는 호문에게 새로운 생명을 주었다. 그 희생으로 호문은 해방된 조국에서 자유를 누릴 수 있게 되었다. 큰아버지와 함께 말 지도의 비밀을 풀기 위해 뛰어다녔던 일들이 눈에 선했다. 누나와 정문, 마을 청년들을 구하려고 끝까지 애썼던 큰아버지. 그리고 자신을 구하기 위해 대신 목숨을 바친 큰아버지. 자신에게 생명을 준 또 한 분의 아버지였다.

호문은 두 주먹을 불끈 쥐었다. 자신의 사명은 한 집안을 이끌어가는 종손 일에 그치지 않는다. 끝까지 살아남아서 후손들에게 말 지도에 얽힌 조상들의 염원, 역사를 전하는 일을 해야 했다.

호문이 알아채지 못했지만 돌무더기 틈에 헝겊 인형이 하나 놓여 있었다. 늠름하게 웃는 사무라이 머리 모양의 젊은 무사 인형. 하나꼬네 집 장식장에 있던 인형이었다.

역사를 알고 후대에 전하는 일,
이 시대 우리의 사명

　꽃나루 장수마을로 이사 온 지 13년 만에 이 책을 여러분께 내놓습니다.

　그동안에 많은 일이 있었어요. 누렁이를 데리고 우리 집 앞 논에 일하러 오시던 할아버지께서 하늘나라로 가셨어요. 정자나무 아래서 일본인들에게 강제로 일본말을 배운 이야기며 보국대에 갔다 온 이야기를 들려주셨지요.

　뒷집 할머니는 허리가 더 굽어졌어요. 배가 고파서 쌀을 숨기던 이야기며 조요(위안부)를 피해 어린 나이에 시집을 갔다는 이야기를 들려주셨어요.

　동네 토박이고 향토학자이신 할아버지는 이곳에 가야 철광이 있었다며, 가야의 땅이었던 증거를 대대로 불리던 지명을 통해 풀이해주기도 하셨어요. 낙동강 가에는 곳곳에 나루터가 있었는데 강 건너에 사는 가야 사람들이 배를 타고 와서 신라 사람들과 장사를 하고 교류를 했다고요.

　할머니와 할아버지들이 겪어온 이야기는 대부분 전설이고 신화이고 역사의 중요한 부분이었어요. 그분들은 윗대에서 이어받은 역사와 자신들이 겪은 이야기들을 주인공 호문이처럼 전하는 사명을 잘 감당해 오셨어요. 나는 그 이야기들이 사라지기 전에 들을 수 있어서 운이 좋았습니다.

장수마을 할아버지 할머니, 위안부 할머니들과 강제 동원된 할아버지 할머니들, 일제강점기 그 혹독한 그 시절을 살아 내신 모든 분들을 존경합니다.

지금도 꽃나루 마을에서 물금까지 황산강 베랑길을 끼고 경부선이 달립니다. 부산항으로 가서 세계 곳곳으로 연결되지요. 일제강점기에는 수탈한 곡식을 실어 나르고, 강제 징용으로 가는 사람들과 위안부들을 끌어가던 한 맺힌 길이기도 합니다.

황산강 베랑길은, 아이들이 학교를 가려고 달리던 길, 아이를 등에 업고 머리에 곡식을 인 채 양손에 보따리를 들고 팔러 나가던 어머니들이 걷던 길, 읍내에서 식구들에게 줄 물건을 사들고 오던 아버지들이 부지런히 걷던 길입니다. 그리고 말 지도를 받은 아이, 호문이 달리던 길입니다.

역사를 지금 어떻게 되살리느냐에 따라 우리는 더 풍성하게 살아갈 수 있습니다.

이제 우리가 할 일이 남았습니다. 바로 역사를 제대로 알고 후대에 바르게 전하는 일입니다. 호문이 그랬던 것처럼.

오늘로 황산강 베랑길을 걸으며

이하은

❶ 강제 동원령 일제는 식민지 전 시기에 걸쳐 전쟁에 필요한 인적, 물적 자원 부족을 조선에서도 확보하고자 하였다. 조선에서 인적, 물적, 정신적 동원을 행할 각종 관계 법령과 관련 단체를 만들었다. 특히 부산항을 통해 각종 전쟁터와 작업장에 보내어졌고, 부산에서 많은 사람들이 군수물자 수송과 관련된 군부대와 작업장에 '강제 동원'되었다.

출처: 한국 향토문화전자대전

❷ 보국대 1941년 일본은 '국민근로보국령'을 발효하고 조선인을 강제로 끌고 가 근로보국대를 조직했다. 주로 도로 · 철도 · 비행장 · 신사(神社) 등을 건설하는 데 동원되었으며 일부는 일제의 군사시설에 파견되었다. 계층별로 다양한 조직을 두었는데 농민보국대는 징용에서 제외된 자들로 구성되었으며 정해진 기간도 없이 열악한 노동조건 속에서 노동력을 착취당했다. 1938~1944년까지 약 762만 명이 강제 연행되었다.

출처: 두산 백과

❸ 고적 조사 5개년 계획 일제는 임나일본부설에 대한 학문적 뒷받침이 될 만한 증거를 찾고자 가야지역 고분 발굴에 주력하였다. 1916년부터 1945년까지 5개년씩 계획을 세워 고적조사사업을 본격적으로 실시하였다. 조사 대상은 낙랑 및 신라 · 가야지역에 집중되었으며 김해 패총과 양산 패총, 양산 부부총 유적도 포함되었다. 이때 우리 국토 대

부분의 고분이 파헤쳐졌으며 출토된 유물은 약탈당하고 반
출되었다. 출처: 양산부부총 도록

❹ **임나일본부설** 왜나라가 4세기 중엽에 가야지역을 군사
적으로 정벌해 임나일본부라는 통치기관을 설치하고 6세기
중엽까지 한반도 남부를 경영했다는 학설. 이는 일제가 한
국 침략과 지배를 역사적으로 정당화하기 위해 조작해낸
식민사관 중의 하나이다. 그러나 가야지역 고분 발굴 자료
들은 일본에 의해 지배당했다는 증거가 문화유물에 반영된
바가 없음을 명백하게 보여줌으로써 이러한 임나일본부설
이 크게 잘못되었음을 입증한다.

출처: 한국민족문화대백과, 한국학 중앙연구원

❺ **내선일체** 내지(일본을 말함)와 조선은 '하나'라는 뜻으로
일제가 조선인의 정신을 말살하고 식민 통치를 미화시키기
위해 만든 허구적인 용어. 즉 일제와 조선은 한 몸이니, 조
선인도 일제의 신민(일본 천황의 백성. 천황은 일본인에게 신으
로 여김)의 한 사람으로서 식민 지배에 적극 협조하자는 뜻
이다. 이러한 제목을 가진 친일 잡지도 있었다.

출처: Basic 중학생을 위한 국사 용어사전

※ 현재 양산 부부총 고분에서 출토된 유물품은 전량 498점이 도쿄국립박물관 동양
관에 수장·전시되어 있다. 유물이 우리 곁으로 귀향하기를 고대한다.

말 지도를 전하는 아이

글 이하은
그림 권세혁

펴낸이 이상용
펴낸곳 딱지
기획편집 이지안
디자인 서경아, 남선미, 서보성

출판등록 제2018-000063호
이메일 3h-202@hanmail.net
전화 편집 070-4086-2665
　　　마케팅 031-945-8046 (팩스 031-945-8047)
초판 1쇄 발행 2020년 1월 20일
초판 2쇄 발행 2020년 11월 18일
ISBN 979-11-88434-25-1 (43800)

• 이 책은 서울문화재단 '2019년 창작집 발간 지원사업'의 지원을 받아 발간되었습니다.

• **딱지**는 마인드큐브의 어린이 청소년 브랜드입니다.